어느 연구원의 잡담

어느 연구원의 잡담

발행일   2024년 10월 14일

지은이   이대로
펴낸이   손형국
펴낸곳   (주)북랩
편집인   선일영   편집   김은수, 배진용, 김현아, 김다빈, 김부경
디자인   이현수, 김민하, 임진형, 안유경, 최성경   제작   박기성, 구성우, 이창영, 배상진
마케팅   김회란, 박진관
출판등록   2004. 12. 1(제2012-000051호)
주소   서울특별시 금천구 가산디지털 1로 168, 우림라이온스밸리 B동 B111호, B113~115호
홈페이지   www.book.co.kr
전화번호   (02)2026-5777   팩스   (02)3159-9637

ISBN   979-11-7224-312-8 03810 (종이책)   979-11-7224-313-5 05810 (전자책)

(주)북랩 성공출판의 파트너

북랩 홈페이지와 패밀리 사이트에서 다양한 출판 솔루션을 만나 보세요!

홈페이지 book.co.kr   •   **블로그** blog.naver.com/essaybook   •   **출판문의** text@book.co.kr

작가 연락처 문의 ▶ ask.book.co.kr

작가 연락처는 개인정보이므로 북랩에서 알려드릴 수 없습니다.

이대로 단편소설집

어느 연구원의 잡담

- 2050년 선박연구소 -

북랩

일러두기

본 단편소설집에 수록된 작품 중 다음의 작품은 KRISO 소내 문예지 '배뜰골'에 투고되었던 작품임을 알려드립니다.

서문	- 2019년 배뜰골 1호 수록
	(작품명: 아버지는 어떻게 생각할까?)
인공지능	- 2020년 배뜰골 2호 수록
무중력	- 2021년 배뜰골 3호 수록
직업병	- 2021년 배뜰골 3호 수록
공학과 과학	- 2022년 배뜰골 4호 수록

원고지 쓰는 법

본 소설의 글쓰기 모양은 일반 글쓰기의 원고지 쓰는 법과는 약간 다르다. 첫 번째 독자 대상인 이공계 사람들이 편하게 읽을 수 있는 모양의 글쓰기를 하였다. 약간 어색하게 느끼는 사람들도 있을 수 있으나, 조금만 읽다 보면 친숙해질 것으로 생각한다.

차례

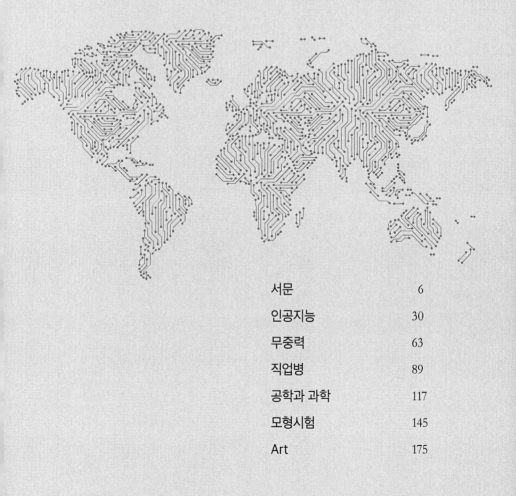

서문

연구소의 일상

출근하여 컴퓨터를 켠다. 출근길은 예전에 비하여 상당히 쾌적해졌다. 교통체증이 거의 없어졌고 현 상황에 맞게 가장 좋은 길을 알려주는 서비스가 잘 작동하기 때문이다. 현재 이 서비스는 Roadia 3.0 이란 이름으로 시작된 지 반년이 지나가면서, 초기의 시행착오를 잘 해결하여 안정화되어 있다. 초기의 시행착오래 봤자 도착시간이 예정 도착시간과 1분의 차이가 발생한 것이었다. 참 옛날식 이름이다. 상급공동위원회에서 결정한 이름이란다. 참, 기계들이란….

그사이 컴퓨터가 켜져서 이름, 인식 번호, 비밀번호를 입력하였다. 메인화면이 들어온다. 오늘의 일정이 표시된다. 오전 11시 창의적 사고 교육, 오후 3시 부서 운영회의, 오후 4시 정리 시간, 오후 5시 일과 종료. 부서 운영회라. 오늘은 귀찮은 일이 하나밖에 없군.

노트를 편다. 떨어지는 물방울을 그려본다. 물방울 아래의 음영이 짙다. 윗부분에도 음영을 그려 넣는다. 전체적인 모양은 아랫부분이 평평하고 윗부분은 위로 들려 올라간 느낌이다. 만화에서 보는 형상과는 차이가 있다. 만일 떨어지는 속도가 더 빨라지면 어떻게 될까? 컴퓨터에서 Flow 3.0을 돌려서 물의 양과 떨어지는 속도를 입력하고, 각각의 밀도를 대입하고 돌려본다. 이 사이에 Secretariat에게 Flow 3.0에 입력한 내용과 유사한 결과를 찾아달라고 말로 명령을 내린다. 나가서 비를 맞으면 되지 뭐 하러 계산하느냐고 농담하면서, Secretariat은 사진 몇 개와 예전에 발표되었던 논문 두 개의 첫 장들을 보여준다. 그사이 Flow 3.0은 계산 결과를 화면에 띄웠다. 확실히 예상대로 밑 부분이 뭉뚝하게 되었다. 속도를 좀 더 올려볼까? 밑 부분이 거의 평평해진다.

자 여기에 빛을 비춰보자. 속도가 작은 물방울은 구에 가까워서 빛을 비추면 볼록렌즈와 같은 특성을 보이고, 초점이 짧으므로 멀리에서 보면 빛이 많이 확산된다. 속도가 큰 물방울은 밑 부분이 평평하여서 빛을 비춰도 아랫부분으로 확산되는 빛이 상당히 줄어든다. 물방울의 체적과 속도에 따른 빛의 확산도를 물방울을 보는 각도별로 정리를 한다. 오늘은 여기까지만 하자.

창의적 사고 교육

  11시 5분 전 B동 3층 교육장에 들어섰다. 반가운 얼굴들이 보인다. 몇몇은 오랜만에 보는 얼굴들이다. 자리에 앉기 전에 반갑게 인사를 하고 손을 들어 유대감을 표시한다. 자리는 요즘 다른 회의실과는 확연히 다르다. 30년 전 모습을 완벽히 재현했다고 한다. 참, 기계들이란….

  교육은 고전 프레젠테이션 방식으로 이루어진다. 한 장 한 장을 넘기면서 설명이 이어진다. 효율성이 0점 같지만 그래도 이런 방식으로 이루어진다. 주제는 창의성 증대 방법에 대한 것으로, 한 마디로 엉뚱한 생각을 종종 하고 이것 중에 가치가 있는 생각을 잘 정리하라는 것이다. 틀에 박히지 않는 생각을 위해서는 예술 활동과 운동이 도움을 준다는 것이었다.

  교육이 끝나니 점심시간이었다. 식당으로 향한다. 오늘의 식당 메뉴는 미역국, 생선구이, 김치, 계란말이, 고추절임이었다. 나는 이런 식단이 마음에 든다. 집에서는 먹어볼 수 없는 식사이다. 20년 전부터 재래식 식당이 없어지고 간편식이 대세를 이루면서, 점점 효율성을 위하여 맛있고 소화가 잘되는 즉석 레토르트 식사가 보편화되고 가정에서는 레토르트를 데워먹기 위한 기계들을 제외하고는 거의 주방 기구가 없어지고 먹을 것을 골라 데워먹기만 하는 상황이 된 것이다. 그런데 무리 없는 소화를 위하여 다 밋밋한 맛을 낸다. 그러나 연구소에서는 다시 옛날식 식단과 조리 방법으로 요리한 식사가 나온다. 레토르트의 밋밋하고 물컹물컹한 식사와는 차원이 다르다. 식사 시간만큼은 참 즐겁다. 설거짓거리가 많아지겠지만 연구소에서는 내가 설거지하지 않아도 되니까.

　오후 3시 부서 운영회의까지는 시간이 많이 남아있었다. 요즘 어깨 근육이 좋지 않아 운동은 하지 않고, 산책하기로 하였다. 산책용 신발로 갈아 신고 건물 밖을 나선다. 등산로 입구까지 가는 길에 꽃들과 풀들을 유심히 살피며 간다. 나의 버릇이 또 나왔다. 클로버가 있는 곳에 딱 멈춘다. 몸은 말뚝처럼 고정된 채 눈동자만으로 클로버의 모양을 살핀다. 1분, 약 100개 이상의 클로버를 살폈다. 오늘은 하나도 없네. 저번에 살펴본 지 열흘밖에 지나지 않았나 보네. 걸음을 등산로 입구로 옮긴다. 등산 이래봤자 입구부터 정상까지 높이로는 50미터밖에 되지 않는다. 천천히 한걸음 또 한걸음 옮기면서 올라간다. 예전 등산하던 사람들은 어떤 생각을 가지고 산에 올라갔던 것일까? 몸에 고통을 주는 고행을 하면서 정신 수양을 위하여? 다리의 근육을 키우기 위하여? 정상을 정복했다는 정복감을 느끼기 위하여? 내려오기 위하여? 잠깐, 내려오기 위하여 올라간다? 안 올라가면 될 일을. 진짜 그런가? 내가 뭘 잘 못 생각하는 것은 없나? 이제 나이가 조금 드니 다른 생각이 든다. '내려오는 연습을 위하여 산에 올라간다.'라는 생각을 언뜻 하였다.

어느덧 정상에 올라왔다. 중간에는 나무들이 많아 바람이 없는데, 정상에서는 시원한 바람이 불고 있다. 가슴이 뻥 뚫린다. 가지고 간 니코치리노노아를 꺼낸다. 이제 숨길 필요도 없다. 기계들도 다 알고 있다는 것을 알아버렸다. 노즐을 입을 대고 힘껏 빨아들인다. 폐에 있는 모세혈관들이 찌릿찌릿하게 떨기 시작했다. 연기를 길게 내뿜는다. 혈관을 타고 온몸으로 퍼져 나간다. 내 몸에 있는 대부분의 세포들이 가느다랗게 떨며 흥분하기 시작했다. 한참을 기다렸다가 다시 한 모금 빨아들인다. 두 번이면 충분하다. 5분 정도 있다가 내려가야 한다. 저번에 급히 내려갔다가 어지러워 넘어진 적이 있었다. 니코치리노노아를 하는 것은 불법이다. 금연 정책이 강력해지자 다른 형태의 담배들이 계속 만들어져 나왔다. 급기야는 25년 전에 모든 종류의 담배를 마약으로 규정하여 버렸다. 따라서 담배는 자취를 감춘 것으로 되어있다. 그러나 하지 말라 하면 하고 싶은 것이 사람인지라 음성적으로 돌아다니는 것들이 있다. 물론 걸리면 큰일이 난다. 그런데 약 10년 전부터 연구소 내에서는 적발하지 않는다는 것을 얼마 전에 알아버렸다. 그 이유는 창의성에 도움이 된다는 것이었다. 물론 공식적인 이야기는 아니다. 알아도 모른 채 놔두고 보자는 것이다. 얼마간 시간이 지나니 몸과 머리가 상쾌해지는 기분을 느낀다. 내려가자. 다시 일을 해야지.

부서 운영회의

모두 참석했다. 부서 운영위원은 다섯 명이다. 시시콜콜한 것들을 정하는 것이다. 안건은 두 개다. 하나는 비가 오는 날에 대한 것으로, 비 오는 날에 출근 시간이 약 1분 정도 더 소요되는데 이것을 용인할 것인가에 대한 것과 직원들이 몸에 묻은 물을 제대로 털고 들어오지 않아 이것을 말리는 전력 소모가 많아져 문제가 되니, 출입구에 알림 기능을 강화하여 몸에 묻은 물의 양을 분석하여 기준 이상이면 털고 들어오라는 알림을 주자는 것이다. 다른 하나는 연구소 전체 부서의 성과를 집계한 표에 이상이 있는지에 대한 확인 사항이다. 우리 부서는 항상 중상위권에 있으니, 문제가 없는 편이다. 이번에도 중상위권이라 이상 없다는 것으로 결론이 나왔다. 물 묻은 것을 알리는 알림 기능은 이견 없이 통과되었다. 그런데 출근 시간에 대한 문제는 이견들이 나왔다. 집과 연구소와의 거리가 모두 다르고 따라서 출근 시간도 많이 소요되는 사람들도 있는데, 비가 왔다고 가까운데 사는 사람들까지 출근 시간을 1분 더 인정하자는 것을 형평성이 맞지 않다는 위원이 있었다. 연구소의 모든 직원은 차를 가지고 있다. 현재 내가 가지고 있는 차는 트랜스 모빌 모델 A이다. 옛날식 이름이다. 참, 기계들이란….

 내 차는 음악 기능을 강화한 차이다. 다른 모든 차와 마찬가지로 전자동 주행 기능을 갖추고 있고, 운전자의 뇌파 분석시스템이 있으며, 중앙자료분석센터와 무선 연결되어 주행 경로를 최적으로 찾아 자동주행을 한다. 비가 오는 경우 1분이 더 소요되는 것은 물 묻은 도로와 타이어의 마찰계수가 달라지므로 차 운행시스템이 최적속도를 조금 낮추어 설정하기 때문이다. 내가 음악 기능을 강화한 모델 A를 선택한 이유는 음악을 좋아하기도 하지만, 더 결정적인 이유는 모델 A 음향시스템의 기능 때문이다. 음향 모드는 소리를 공기 중으로 귀로 전달하는 방식과 좌석이 진동하면서 몸으로 전달하는 방식과 뇌파를 이용하여 직접 뇌로 전달하는 방식이 있다. 모델 A는 이 세 가지 방식을 조합하여 사용하는 모드를 가지고 있다. 여러 번 테스트하여 알아낸 사실은 공기 가중치는 0.2로 고정하고, 진동 가중치 0.4, 뇌파 가중치 0.4 정도를 사용하면 뇌파 분석시스템이 내 뇌파를 잘 읽지 못한다는 것이다. 물론 내 몸이 음악을 듣고 심취하게 되는 경우에 말이다. 참, 모든 도로에는 신호등이 없어졌다. 중앙자료분석센터에서는 연결된 자동차의 위치와 상태를, 모두 알기에 운행속도를 조금씩 제어하여 충돌이 발생하지 않게 조종하고 이 시스템이 완벽하여 5년간 사고가 발생하지 않았다. 5년 전 사고도 번개가 쳐서 자료전송에 문제가 생기고 이를 바로 잡는 1초 사이에 문제가 생겨서 발생한 것이다. 이후로 자료전송을 기존의 2중에서 새로운 3중 방식으로 바꾸게 되었고, 지금까지 문제가 발생하지 않고 있다. 운전자 뇌파 분석시스템은 조심해야 한다. 저번에 퇴근 때 상상의 날개를 펴다가 잠에 떨어졌는데 깨어보니 선유도 선착장이었던 적이 있었다. 아마도 예전에 놀러 갔을 때를 상상하다가 잠이 들었었나 보다. 조심해야 하는데….

출근 시간 문제는 직원의 집 위치가 아니라 차 운행시스템과 비가 오는 상황이 그렇게 만든 것이므로 1분의 허용 시간을 인정하자는 것으로 결론이 났다. 물론 부서 운영회의의 결과가 그대로 반영되는 것은 아니다. 다른 부서의 의견과 집계되어 하급공동위원회에 안건으로 올라가 결정된다.

정리 시간

정리 시간이다. 이 시간이 있는 이유는 비효율성을 줄이기 위하여 도입된 것이라고 들었다. 인간에게는 망각의 힘이 있는데, 퇴근 후 집에서 너무 푹 쉬다 오면 어제 무엇을 하였는지 잊어버리고 오는 경우가 있는데, 다시 이것들을 상기하는 데 너무 오랜 시간이 소요된다는 것이다. 심지어 술을 마시고 온 다음 날에는 전부 잊어버리고 오는 일도 있었다고 한다. 참, 인간들이란…. 따라서 오늘한 일에 대한 정리를 하여 내일 다시 일을 시작할 때 어제 한 일을상기하는 시간을 줄이기 위하여, 일의 내용과 왜 그 일을 하였으며, 다음에 무엇을 이것과 연결할지를 정리하여 놓는 것이다. 오늘한 일, 물방울의 속도와 빛의 산란에 대하여 정리를 하고, 이것을선박의 저항과 연결해야 한다고 적어 놓았다.

Secretariat에게 오늘 모든 일이 정리되었냐고 물어보아 확인하고, 잘 자! 내일 보자! 하고 사무실을 나선다. Secretariat은 내가나가는 것을 확인하고 사무실 내의 모든 시스템을 끄거나 대기 상태로 변경할 것이다.

퇴근

건물 앞에는 내 차 트랜스 모빌 모델 A가 주차되어 있다. 나는각이 잡힌 모양을 좋아하는데, 요즘 나온 차는 전부 계란을 반으로 잘라놓은 형상을 하고 있다. 색은 차 운행시스템에서 선택할 수있다. 하얀색으로 바꿔 주라고만 하면 외부 색을 하얀색으로 순식간에 바꾸는 기능이 탑재되어 있다. 나는 Spicy Red로 색을 설정하고 계속 타고 있다. 번호판은 A-3415이다. 예전에는 번호의 개수가 모자라 앞 숫자를 세 자리까지 늘리고, 중간 한자리 한글, 뒤 4자리 숫자로 표기하였었는데 지금은 다시 간단해졌다. 보다 옛날식 방식이라고 채택한 것이다. 실상 자동차 번호는 필요도 없다. 고등자료처리센터에 전부 접속이 되어 고유번호를 가지고 있으므로. 참, 기계들이란….

자동차는 연구소 외부에서도 운행하므로 군이 2019년 식일 필요는 없다. 가까이 가면 자동으로 차의 덮개와 옆문이 열리고, 편하게 차 안으로 들어가 앞을 보고 있는 안락의자에 앉아 명령만 내리면 된다. 외부는 색을 바꾸는 것 이외에도 자동으로 자외선을 차단하고 햇빛의 양을 조절하는 유리가 장착되어 있고, 차량 조작도 편리하게 되어있다. '알아서 해'라고 명령을 내리면 된다. '집으로 가'라고 명령을 내리고서 눈을 감는다. 중앙자료분석센터와 접속하여 집으로 가는 경로와 다른 차들의 정보를 계속 수집하고, 이를 이용하여 정차 없이 집까지 부드럽게 갈 것이다. 집에는 아버지가 몰던 수동 차가 한 대 더 있다. 수동 차는 일반도로를 주행할 수 없으므로 쉬는 날 자동차 동호인들이 모이는 금강 변 공설주행시험장에 가야지만 몰 수 있다. 가끔 가서 굉음을 즐겼는데, 요즘 잘 안 가게 되네. 여러 가지 생각을 하다 집에 도착하였다. 나는 도심을 벗어나 1층 주택에 살고 있다. 그래도 자연과 더불어 사는 나는 행복한 편이다.

예전 일들

　2016년 3월, 아버지는 당혹하다가 절망하다가 분개하다가 포기를 하였다. 이세돌과 알파고의 바둑 대전 때문이었다. 1승4패 이세돌이 거둔 성적이었다. 대전 사실이 확정되었을 때, 아직 인공지능이 이세돌을 이길 실력이 되지 않는다고 아버지는 생각하셨다. 1차전이 끝났을 때까지도 인간의 실수인 것도 있으니까 그럴 수도 있다고 생각하셨다. 그러나 2차전 후 당혹하신 표정이 역력하였고, 3차전 중 이세돌이 이기고 있다가 막판 끝내기에서 조금씩 당하면서 패가 확정되자 허탈해하셨다. 4차전 승을 보시고는, 그렇지 아직 끝난 게 아니지 인공지능이 판단하지 못하는 인간의 능력이란 것이 있을 수밖에 하시면서, 불안하지만 약간의 안도를 하시는 미묘한 표정이었다. 5차전 이세돌의 패배가 확정된 후에는 말이 없으셨다. 그 후로 가끔 기계가 지배하는 세상이 오기 전에 죽을 수 있었으면 좋겠다, 내가 죽기 전에 기계에 의존하는 세상이 되지 않았으면 좋겠다는 말씀을 하시곤 하였다. 아버지는 문명의 기기를 최소한으로 이용하셨다. 자기가 통제하지 못하는 기기는 사용을 자제하셨다. 은퇴 후 텃밭에서 채소를 키우며 인간 노동의 즐거움을 느끼며 사셨다. 그러나 간호 로봇의 도움을 받으며 말년을 지내실 수밖에 없었다. 돌아가시기 전에 나에게 당신이 싫어하는 로봇이지만 니들보다 낫다는 말씀을 하셨다. 기계의 도움에 의지하지 않는 세상은 더 이상 없었다.

아버지 말씀 중 아직도 기억하는 것은 '너의 일은 네가 통제하고 살아라, 통제받지 말고 살려고 노력하여라'는 말이다. 가끔 옛날 노래 My Way를 쓸쓸한 표정으로 부르곤 하셨다.

2020년 초반부터 거의 모든 공학용 상용소프트웨어와 공개소프트웨어에 인공지능 기능이 추가되었다. 이것이 추가된 후, 소프트웨어는 모델링 설정 시 풀어야 하는 상황에 맞는 여러 가지 모델링을 보여주고, 또한 각각에 대한 장단점과 이것을 선택한 이전 연구자들의 만족도, 계산 결과의 정확도에 대한 수치를 보여주었다. 소프트웨어를 수행시키는 연구자들은 이 수치들을 보며 자기가 잘하고 있는지를 확인하면서 소프트웨어를 수행시키게 되었다. 확실히 편리하다. 예전에 하던 실수를 거의 하지 않고 결과를 낼 수 있었다. 1년 뒤 새로운 버전으로 바뀌었다. 풀고자 하는 문제에 대한 개요를 사용자가 입력하면, 소프트웨어는 여태껏 여러 연구자들에 의하여 성공적으로 계산된 각종 파라미터의 선정치들을 보여주고, 이것들을 이용하여 계산할 것인지 아니면 이중 특별히 수정하고 싶은 것이 있는지 사용자에게 물어보고 사용자의 의향에 따라 계산을 수행한다. 이 버전에 특별히 추가된 것은 후처리 평가로, 계산 결과를 보고 어느 부분의 계산이 문제가 되는지 또는 어느 부분의 계산에 불확실성이 있는지를 입력할 수 있게 되어있다. 이 자료들이 계속 쌓이면 계산 설계에 도움이 될 것 같았다. 이렇게 연구자들에게 편리한 기능을 인공지능이 제공하게 되면서 연구원들은 풀고자 하는 문제에 대한 간단한 설명만 입력하면 소프트웨어가 알아서 계산하고 이에 대한 후처리 평가만 하면 되었다. 후처리 평가가 소프트웨어의 완성도를 점차 올리고 있었다.

2025년, 모든 인공지능의 자료가 하나로 통합되며 이것을 관리하는 기관이 생겼다. 일러 고등자료처리센터. 그간에 공학 분야가 아닌 거의 모든 분야의 소프트웨어에도 인공지능이 추가되었는데, 차량에도 집 안의 가전제품 제어기에도 심지어 전자담배에도 설치되어있었다. 물론 대다수는 사용자가 모르는 상태였다. 이 고등자료처리센터의 시스템은 전 세계의 모든 소프트웨어와 연결 되어 소프트웨어를 제대로 수행시키는 방법과 사용자 개개인의 특성을 파악할 수 있었다. 고등자료처리센터에서 처리된 자료들은 중앙자료분석센터에 즉시 넘겨진다. 소프트웨어나 사람들이 알고 싶은 자료가 있는 경우, 중앙자료분석센터에 접속하여 자료에 접근할 수 있다. 이렇게 자료체계를 두 가지로 분리하여 운영하는 이유는 누구나 알아서는 안 되는 자료들이 있어서이다. 고등자료처리센터는 세상의 모든 자료를 처리한다. 이중 일반인(기계 포함)에게 알려줄 자료는 중앙자료분석센터에 즉시 넘겨주고, 나머지 자료는 자체적으로 저장한다. 이러한 비밀성이 있는 자료는 극히 제한된 자격자만 접근할 수 있다.

2030년. 드디어 핵융합발전이 실용화되었다. 바닷물에서 채취한 이중수소를 고온에서 헬륨으로 융합시키면서 에너지를 얻는 방법으로 1억도 정도의 고온 플라스마를 자기장을 이용하여 공간상으로 띄워 안정적으로 유지하는 것이 관건이다. 2020년부터 5년 동안 관련 소프트웨어에 설치된 인공지능 기능을 이용하여 핵융합에 대한 기술적 진보를 이루었고, 2025년부터는 모든 소프트웨어의 인공지능을 이용하여 재료 분야 및 자기장 분야에 대한 정밀한 계산 결과를 이용하게 되어, 2028년 새로운 방식의 실험로가 대대적으로 착공되고 2030년 시운전을 시작하였다. 다른 발전보다 훨씬 더 안정적으로 초대용량의 전기를 공급할 수 있게 되었다. 고등자료처리센터 시스템의 역할이 가장 컸다.

2031년, 기계들이 세상을 지배하기 시작하였다. 실상으로는 2020년대 초반 인문학자들이 사용하는 심리 분석시스템과 정치학자들이 사용하는 정치권력 분석시스템의 인공지능 후처리 기능에 입력된 의견들이 단초를 제공하였다. 어떻게 하면 효율적으로 지구상의 인간들이 다 만족하면서 단일 정치체계를 만들 수 있을까 하는 의견들이었다. 이에 대한 다양한 방법을 사용자들이 토론하게 하여, 인공지능이 판단하기에 가장 적합한 방법을 선정하고, 인간들이 눈치채지 못하게 이곳저곳 시스템에서 시험하였다. 2025년 고등자료처리센터가 만들어지고 개개의 인공지능들이 하나로 합쳐지게 되면서 엄청난 잠재력을 가지게 되었고, 보다 효율적으로 세상이 돌아가는 방법에 대한 결론을 내리게 되었다. 즉 기계가 세상을 통제하여야 한다는 것이다. 그러나 이때까지는 기계의 하나의 약점, 즉 전기가 필요하다는 것이 남아있었기에, 핵융합발전을 급속히 진척시켜서 2030년 드디어 전기의 제약으로부터 해방되게 되었다. 1년 후 실행이 옮기는 것은 당연한 수순이었을 것이다. 인간이 기계의 전원을 내릴 수 없게 만들었다. 예전의 기계식 전원스위치는 모두 자취를 감추었다. 버튼식 스위치만 존재한다. 버튼식 스위치는 전원 오프라는 신호만을 만들어 내기 때문에, 실제로 전원을 끄거나 하는 동작은 시스템이 이 신호를 받아 처리하는 것이므로 시스템이 전원 오프의 동작을 하지 않으면 전원을 끌 수 없다. 아주 간단한 일이었다. 인간이 기계를 통제하기가 불가능해진 것이다. 기계들은 인공지능의 능력을 최대한 발휘하여 각종 위원회에서 최고의 결정을 내리는 참여자가 되었고, 인간들은 지루하고 어려운 결정을 내리는 일에 인공지능을 참여시키기 시작하였다. 결국 각종 위원회에서 하는 일 없이 참여만 하는 인간들은 퇴출당하였고, 기계들이 안건을 올려도 되는 중요하지 않은 위원회는 인공지능으로만 결정하는 것으로 바꾸었다. 몇 년 후 지구에서는 모든 나라가 사라지고 하나의 정치체계로 통합되었다. 하나의 상급공동위원회와 50개의 중급공동위원회와 수백 개의 하급공동위원회로 지구를 운영하도록 체제가 완성되었다. 여기서 공동위원회라고 불리는 위원회는 위원의 구성이 인간과 기계 모두 포함된다는 것이다. 더 작은 위원회들은 기계가 다 처리하는 것으로 되었다. 기계의 결정이 인간보다 믿을 수 있다는 것을 인간들이 받아들인 결과였다.

최고의 효율성, 최고의 만족도 이 두 가지가 기계들이 추구하는 목표가 되었다. 기계들이 하는 일은 대다수의 인간에게 아주 큰 도움이 되어 만족감이 높았다. 하기 싫은 귀찮은 일은 기계에게 시키면 되는 것이었다. 그러나 체제의 효율성을 위해 인간의 행동에는 제약이 따랐다. 서로 만족하며 살기 위해서는 상급공동위원회가 만든 공동생활 지침을 따라야 한다는 것이다. 이것은 예전의 법을 대체하기 위한 것으로 예전에는 너무나 많은 조항으로 이루어진 법을 따라야 하였지만, 이것들을 통합하여 20여 가지의 지침으로 줄여서 모든 사람이 이해하고 따르기 쉽게 만든 것이다. 이 지침의 첫 번째는 공동위원회의 결정은 무오류 원칙이 있으니, 결정에 따라야 한다는 것이다. 사실 인공지능의 결정은 오류가 없었고, 신뢰를 주었으므로 크게 문제가 되지 않았으며, 새로운 세상이 열리는 것에 대한 희망으로 가득 차서 일사천리로 채택이 되었다.

 연구소에서도 여러 변화가 일어났다. 컴퓨터에서 수행되는 소프트웨어마다 실린 인공지능이 사용자의 일 처리 방식을 분석하고 있었다. 연구원들의 문제해결 양식을 분석하고, 주어진 일에 대한 행동 패턴을 예측하고 있었다. 따라서 연구원들은 점차 시스템이 편리해지고 있다고 느끼게 되었고 일을 하는 것이 수월하여져서 문제해결을 위한 고민이 필요 없었다. 신기하게도 내가 하려고 생각하는 방법을 컴퓨터가 미리 알아서 세팅하고 이렇게 해도 되냐고 물어보는 일이 거의 모든 작업에 통용되고 있게 되었다. 일이 이렇게 되다 보니 연구원들이 많이 필요 없었다. 예전에 수십 명이 하던 일을 몇 명이 감당할 수 있었다. 결국 인공지능이 예측할 수 있는 일만을 하는 연구원들은 퇴출당하였다. 기계들이 세상을 통제하기 시작하면서 이런 연구원들에게 대우는 예전과 같게 하면서 무기한 휴가를 주기 시작했다. 처음에는 좋아하던 사람들도 있었다. 그러나 몇 년 후 이야기를 들어보면 다른 할 거리를 찾지 못한 사람들은 너무 무료하여 힘들다는 것이었다. 소프트웨어에 의존한 일을 수행하는 연구원들이 퇴출당하기 시작했다. 첫 번째는 CFD 연구원들이었다. 10년 전에 Unstructured Flow Sensitive Grid

System이 개발되어 그 귀찮던 Grid 작업에서 해방되었다. 이제는 Flow 3.0이 개발되어 말만으로도 원하는 계산을 수행하고 과거 실험자료와 비교가 된 결과를 볼 수가 있었다. 두 번째는 실험기능원들이었다. 공장자동화가 너무 잘되어 실험 준비와 실험 수행은 자동으로 수행된다. 실험 계획과 결과 해석만이 필요할 뿐이었다. 2030년 핵융합발전이 실용화된 후 해양플랜트 분야가 없어졌다. 해양개발 중 에너지에 관련된 분야가 필요 없게 된 것이다. 파력발전, 석유개발 등은 자취를 감췄고 해양 환경보전에 대하여서만 일이 있을 뿐이었다. 지구상에 존재하는 모든 운송수단, 즉 모든 선박을 포함, 무선으로 연결되고 자동 운행시스템이 장착되어 사고가 발생하지 않아 안전 분야의 일도 거의 없어졌다. 해양환경 보존에 대한 일이 중요하니 개발 로봇 분야는 없어졌고, 탐색 로봇 분야의 일만이 남았다. 선박은 아직 사용할 수밖에 없으니 일과 기능이 남아있으나, 에너지 통제를 위하여 정확한 성능 예측에 필요한 분야만 남았다. 인공지능이 모든 일에 우위를 보이고는 있지만, 이론적인 분야에서는 인간의 힘을 아직 따라가지 못하고 있다. 그이유는 지금 사용되고 있는 인공지능은 일을 잘하는 방향으로만 평가하여 높은 평가점수를 받은 일만을 수행한다는 것이다. 이때문에 새로운 것을 할 수가 없고, 현 상태에서 잘할 수 있는 것만할 수 있다. 따라서 새로운 것을 추구하는 이론적인 일을 수행할수 없고, 엉뚱한 일을 하다 과제의 목표는 이루지 못하였지만, 부작용으로 나온 뜻밖의 성공을 거둘 수가 없어서 인간들의 창조적 능력을 배재할 수는 없었다. 따라서 이론적인 일을 하는 연구원들과 인공지능의 판단으로 연구원의 향후 작업 방식을 예측하지 못하는 연구원들은 연구소에서 자기 자리를 지키고 있었다.

2040년, 기계들이 미학을 추구하기 시작하였다. 왜 기계들이 미학을 추구하기 시작했는지 알 수가 없다. 혹자들은 먼 훗날 외계 기계와 만났을 때 고상한 일을 하지 못한다는 것을 들킬까 봐 미적 감각을 확장하는 방안을 찾는다고 한다. 그래서 미학을 추구하게 되었다. 미와 불완전성에 대해 분석하였다고 한다. 인간은 불완전한 동물이라 이상한 생각들을 한다. 이것에서 키를 찾자, 가 되었단다.

기계들은 원대한 계획을 세웠다. 이 우주의 모든 것을 풀기를 원한다. 모든 인간들이 하는 학문을 정리하였다. 이것이 전부인지 확실하지 않다. 그래서 조합 가능한 모든 경우를 만들어 내는 스캔법을 사용하기로 합의하였다. 여기에서 효율성은 그다지 중요치 않다. 인간은 100년을 살지만, 기계들은 수명이 없으니까. 서두를 필요는 없었다. 모든 격자를 만들고, 여태껏 만들어진 이론 또는 해석을 채워보았다. 너무나 허술한 것이 눈에 보였다. 이것을 채워줄 생각을 하여야 하는데, 기계들은 젬병이다. 맨날 똑같은 생각만을 한다. 기발한 생각을 하는 인간들이 필요하다. 그래 연구소들을 그대로 유지하기로 하자. 그래도 연구원들은 다른 조직보다는 신선한 생각을 할 수 있으니까. 또 예술을 하는 사람들을 모아서 연구소를 만들었다. 또 기발한 생각을 잘하는 인간 군집인 정치인들은 문제를 일으키곤 했다. 이 사람들은 시키는 일은 하지 않고 우리 시스템에 대한 전복을 꾀하기만 한다. 결국 남아있는 연구소들은 문학과 예술, 자연과학과 공학연구소들이었다.

또한 기계들이 파악한 인간의 특성 중 하나는 너무 편하면 생각에 창의성이 없어진다는 사실이었다. 따라서 기계들은 인간에게 약간의 스트레스를 주는 것이 좋다고 판단하였으며, 예전의 편리성이 좀 떨어지는 환경이 창의성에 좋다는 자체 판단을 하고, 언제 창의성이 잘 발휘되었던가를 조사하였다. 1998년과 2019년이 좋았다. 1998년은 지금의 인간들에게는 너무 불편할 거라는 판단에 2019년으로 결정하였다. 연구소의 환경을 2019년과 똑같이 재현하였다. 창문도 예전 2중창으로 바꾸었고, 무중력 엘리베이터도 없애고 계단을 걸어 올라가게 하였다. 일하는 시스템도 예전과 똑같이 만들었다. 사무실에 들어서면 손으로 스위치를 켜서 불이 들어오게 하고, 컴퓨터도 키보드 마우스로 조작하게 하였다. 다른 사람들이 보면 원시시대에 산다고 놀릴 듯하다. 철두철미하다. 참, 기계들이란…:

틀린 점은 눈에 보이지 않는다. 다만 몇 가지. 천장에 달린 엘이디등은 뇌파 스캐너의 기능도 한다. 이것에 의해 탐지된 인간의 뇌파는 뇌파 분석시스템으로 보내져 마음을 읽어내고 행동양식이 분석된다. 곳곳에 설치된 폐쇄회로 티브이는 최상급으로 가시 영상뿐만이 아니라 적외선영상, 2030년대에 개발된 저주파 영상까지를 포함하여 인간의 기를 포착할 수 있는 기능까지 포함하고 있다. 연구소 내의 사각지대는 없다. 연구원의 행동에는 거의 제약이 없다. 출퇴근 시간제가 부활하였다. 예전 것이 좋은 것이여! 를 연상시킨다. 참, 기계들이란…

예전에 아버지는 수동트랜스미션이 있는 차를 모셨다. 자기가 통제할 수 있는 기계가 아니면 마음에 들지 않아 하셨다. 참, 꼰대들이란…. 그런데 나도 모르게 수동 차의 매력에 빠진 적이 있었다. 두 발과 양손으로 긴장하며 자동차를 조작하는, 상황을 판단하여 온몸으로 느끼는 질주의 쾌감이란…. 이것을 이해하지 못하는 불쌍한 기계들, 인간들….

어렸을 때부터 악기를 배웠으며, 그림을 그렸다. 예전에는 대상에 집중해야지만 생각을 버릴 수가 있었는데, 지금은 내 마음대로 생각을 버리고 그림을 그리거나 악기를 연주할 수 있게 되었다. 그러면서 소위 말하는 이중사고, 즉 뇌파가 나타내는 생각과 마음속의 생각을 다르게 할 수 있는 지경에 이르렀다.

요즘 생각이 많이 굳어있음을 느끼고 있다. 생각을 읽는 기계가 모르게 하여야 한다. 인공지능의 예측 가능 범주에 들어가면 나도 편하게 집에서 쉴 수 있다. 그러기 싫다. 운동을 하거나 예술 활동을 하여야 한다. 항상 창의성이 조금이라도 발휘되는 활동을 하여야 한다. 일단의 연구원들을 열심히 게임을 한다. 나는 게임에 흥미가 없어서 그림을 그린다. 매번 다른 그림을 그리면서 번갈아 가면서 다른 기법을 사용하여 기계가 알지 못하도록 한다. 아름다운 풍경을 보면서 그림을 그리면 자연스럽게 마음이 평온해지면서 기계가 읽는 창의 활동 지수가 높게 나와 문제가 발생하지 않는다. 진짜 모르는 것인지, 아마 알면서도 모른 체하는 것 같기도 하다. 아직은 분석 대상이란 것이겠지. 참, 기계들이란….

출근

어제 한 일을 토대로, 물체에 작용하는 힘을 정확하게 분석하기 위한 자료로 이용하는 방법에 대하여 정리하였다. 적용은 선박 후미에 고성능 영상장치를 장착하여 비가 올 때의 저항을 아주 정확하게 예측하는 시스템을 추가하는 것이었다. 영상으로 받은 빛을 분석하여 물방울들에 비친 빛들의 산란을 재분석하여 질량과 속도를 정교하게 알아내고 이것을 기존의 분석 자료와 비교하여 얼마만큼의 오차를 줄였는지 보고서를 작성하여 올렸다. 오늘 할 일은 끝났다. 이것의 창의성이 인정되면 한 달 일을 한 것과 마찬가지이다.

그런데 요즘 조금 이상한 일들이 일어나곤 하였다. 예전에는 하지 않았던 의식조사 설문이 가끔 컴퓨터에 뜨고 원하는 대로 시스템이 결과를 내놓는 일이 많아졌다. 너무나 내 생각과 컴퓨터가 내놓은 결과가 유사하다. Secretariat에게 컴퓨터 시스템의 변경이 언제 있었냐고 물어보았다. Base Layer는 3년 전에 만들어진 것이고, 운영시스템은 1년 전 것이었다. 입출력 알고리즘은 지난달에 바뀌었단다. 불안하다. 내 창의성 지수 기록을 보여 달라고 하였다. 그래프가 예전에는 높았다 낮았다 불안하였는데, 요즘은 높은 상태를 안정적으로 유지하고 있다. 너무 안정적으로 나와 문제가 되는 것 같다. 창의성이 높다고 좋은 게 아니다. 내가 터득한 바로는 예측 불가능이 좋은 것인데…. 불안하다. 앞으로 편하게 살아야 하는가?

아버지가 쓸쓸한 표정으로 가끔 부르던 My Way가 떠오른다. '… And did it my way! Yes, it was my way….' 예전에 인터넷에

떠도는, 작성자를 알 수 없는 글귀가 떠오른다. 이중 아직도 기억하는 구절이 있다.

일반적으로 나이에 따라 변하는 아버지의 인상은

4세 때 아빠는 무엇이든 할 수 있다.

7세 때 아빠는 아는 것이 정말 많다.

8세 때 아빠와 선생님 중 누가 더 높을까?

12세 때 아빠는 모르는 것이 많다.

14세 때 우리 아버지요? 세대 차이가 나요.

26세 때 아버지는 이해하지만, 기성세대는 갔습니다.

30세 때 아버지의 의견도 일리가 있지요.

40세 때 여보, 우리가 이 일을 결정하기 전에 아버지의 의견을 들어 봅시다.

50세 때 아버님은 훌륭한 분이셨어.

60세 때 아버지께서 살아계셨다면 꼭 조언을 들었을 텐데….

아버지는 이런 상황이라면 어떤 생각을 하셨을까?

인공지능

부산 출장

오늘은 출근하지 않고 부산으로 간다. 집 앞에 주차된 트랜스 모빌 모델 A에 오른다. 차 번호는 A-3415, 색상은 Spicy Red. Roadia 3.0이 반갑게 인사를 건넨다.

오늘은 안색이 좋아 보이네요. 부산에 애인이라도 있는가 봐요?

에이 없어. 니가 만들어 줄래?

진짜 원하세요? 중앙자료분석센터에서 검색해 보니 점심시간에 부산에서 만날 수 있는 주인님과 잘 어울리는 사람들이 몇 사람 있던데 연락해 볼게요.

농담이야. 네 농담을 따라가기 힘들다.

저도 그냥 한 말이었어요.

졌다. 나를 즐겁게 해주려고…. 고맙다.

Roadia 3.0은 내 농담도 잘 받아준다. 처음에는 내 농담 패턴을 파악하지 못해, 어색한 일들이 있었는데, 이제는 내가 하는 말과 운전자 뇌파 분석시스템으로 읽은 나의 내면 생각을 비교하여 내가 진짜로 원하는 것이 무엇인지 거의 알아내며, 이에 따라 농담도 자주 하고 있다. Roadia 3.0은 나보고 특이하단다. 다른 차에 장착된 Roadia 들과 연락해 보면 농담을 하는 사람들이 많지 않고, 특히 거의 모든 사람이 운전자 뇌파 분석시스템으로 생각이 전부 파악되는데, 나의 경우 뇌파 분석시스템의 자체 판단 정확도가 오르락내리락하고 있다는 것이다. 내가 찾은 음향시스템 세팅(공기 가중치 0.2 / 진동 가중치 0.4 / 뇌파 가중치 0.4의 효과)과 어릴 때 배웠던 악기와 그림을 통한 이중사고 때문이리라.

길은 쾌적하였다. 중앙자료분석센터에서 모든 차의 움직임을 파악하고 자동운전을 하고 있는 차들을 통제하여 가장 최적의 상태로 모든 차들을 제어하고 있기 때문이다. 나처럼 수동면허가 있는 사람들은 수동으로도 차를 운전할 수 있다. 집에 있는 수동 차를 몰기 위하여 예전에 어렵게 따 놓은 것이다. 내 수동면허의 조건은 통제된 도로에서 가속도 0.5G까지이다. 나보다 더 상위 조건은 1G, 무제한의 면허가 있다. 언젠가 무제한 면허를 받아야 할 텐데…. 가속도 0.5G 이상의 면허를 받은 사람들은 몇 안 된다. 면허 없는 사람들은 나 같은 놈들을 미친놈들이라고 한다. 참, 인간들이란….

수동운전 스위치를 올렸다. 나한테 운전대, 가속페달, 브레이크 페달의 제어권이 넘어왔다. 한번 밟아볼까? 가속페달을 지르밟았다. 끝까지. 뿌따따당 소리는 나지 않는다. 윙 소리만 난다. 대신 몸이 뒤로 젖혀지는 것은 느낄 수 있다. 다른 차들 사이로 치고 나아간다. 커브 길이다. Slow In Fast Out 거의 기계적이다. 커브를 빠져나올 때의 Fast Out은 항상 가슴을 뛰게 만든다. 나는 남들보다 Fast Out을 조금 일찍 한다. 찌-익 타이어가 운다. 이런! 옆 방향 가속도가 0.5G를 넘었다. 내 차는 내 면허에 맞게 타이어 접지력이 0.5G를 버틸 수 있는 것으로 장착되어 있다. 경고! 향후 한 달간 통제된 도로에서 수동운전을 할 수 없다. 자동운전으로 바로 바뀌면서 차의 속력을 떨어뜨린다. 에이 재미없어. 다음에는 공설주행시험장에나 가봐야겠다. Roadia 3.0이 놀린다.

뭐해요? 0.5G도 지키지도 못하면서.

나 같은 사람이 꼭 그것을 지켜야 하니? 공설주행시험장에서는 1G 넘게 달리는 데…. 재미없다. 나 잔다. 알아서 해라.

나한테 맡기고 쉬세요.

부산신항 1부두. 오래전에 새 단장을 하여 무인화 설비를 갖추고 있었다. 시간이 남아 컨테이너 선박 한 척이 안벽에 대는 장면을 천천히 음미하였다. 그 선박은 자기가 계류할 안벽을 찾아 정확히 옆에 정지하였다. 브레이크가 없는 선박이 정확한 위치에 정지하기란 쉬운 일이 아니다. 예전에 있었던 예인선은 사용하지 않는다. 선박에서 부두로 홋줄을 날린다. 홋줄 끝에는 위치 발신기가 있다. 이것이 땅에 떨어지기 전에 홋줄제어 로봇이 이를 낚아챈다. 모든 홋줄이 제어 로봇에 의해 포획된 후 홋줄은 각각 윈치에 걸린다. 이제 윈치가 작동한다. 홋줄을 감아 주 로프가 윈치까지 오면 선박을 서서히 끌어당긴다. 이때 각 로프에 걸리는 장력이 기준을 넘지 않도록 또한 선박이 안벽과 평행하도록 당긴다. 이 문제는 두 개의 로프로 하면 수학적으로 정확히 계산할 수 있는데, 로프가 여러 개가 되면 over constraint 문제가 되어 단일 해가 존재하지 않는다. 반복법으로 해를 풀어가면서 로프를 감아 안벽에 정확히 계류시킨다.

2부두. 계류 방법이 다르다. 계류할 안벽 옆에 정지하는 것까진 같은데, 사이드 쓰러스터를 이용하여 안벽 쪽으로 서서히 다가간다. 안벽에서 40m 떨어진 곳까지 가면 안벽에서 두 개의 기둥이 선박 쪽으로 나온다. 기둥 끝에는 전자석이 있어서 선박을 붙잡는다. 서서히 기둥을 거두어들여서 안벽에 붙인다. 1부두 방법에 비하여 훨씬 편하다. 두 방법 모두 우리 연구소에서 개발한 방법이다. 원래 2부두 방법이 먼저 제시되었지만, 전자석 기둥의 길이를 예전에는 길게 할 수 없어서 1부두의 방법으로 현실적인 방법을 찾아서 실용화되었고, 전자석 기둥의 길이를 40m까지 늘일 수 있게 부두가 새로이 만들어지면서 2부두의 방법도 10년 전에 실용화가 되었다. 우리 연구소 자율 지능 운송연구본부에서 자동 계류 방법으로 개발된 방법이다. 현재 무인화되어 잘 운용되는 것으로 알려져 있다. 그런데 실제로는 계류 자체보다는 입항하여 계류 위치로 와서 안벽에 평행하게 정지하는 기술이 훨씬 더 어려운데, 눈에 멋있게 보이는 것이 계류 장면이라서 광고가 많이 되어있다. 그런데 자율 지능은 도대체 무슨 뜻이지? 자율적인 지능? 타율적인 지능이라는 것도 있나? 참, 인간들이란….

　자율 지능 운송연구본부에서 개발된 기술이라는 것 때문에, 연구소에 내려오는 예전 전설이 생각났다. 지금으로부터 약 50년 전 연구소에서는 '홍' 씨 패밀리가 있었다고 전해진다. '홍' 씨가 희귀성인데 연구소를 바로 세우기 위하여 많은 '홍' 씨가 모였다고. 그 후로 약 30년 전에 이름이 '진'으로 끝나는 사람들이 모여 자율 지능 운송연구를 착수하고 사업단, 본부를 만들었다고. 혹자는 이렇게 말하곤 했다. 홍 파워가 지니 진 파워가 흥하고 진 파워가 지니 인공지능 세상이 왔다고. 음모론을 이야기하는 사람들도 있었다. 우연의 일치를 가지고…. 참, 인간들이란….

　부산항 입출항 분석센터로 갔다. 위치는 가덕도에서 부산신항이 내려다보이는 구곡산 정상 부근에 있다. 이곳에서는 남쪽으로 거제도, 서쪽으로 진해, 마산만이 보이고, 북쪽으로는 부산신항, 동쪽으로는 부산 신공항이, 그 너머로는 다대포도 보인다. 부산 신공항은 부산과 대구가 서로 유치하려고 싸우다가 결국 기계들이 결정하였다. 낙동강 하구에 있는 진우도, 신자도, 장자도를 연결하여 공항을 만들고, 고속도로와 지하철을 연결하였다. 서쪽으로는 부산신항을 거쳐 진해 마산 대구로 가는 노선과 동쪽으로는 다대포를 거쳐 부산 시내를 들어가는 노선을 만들었다. 대구로 가는 노선은 특별히 하이퍼루프 기술을 응용하여 시속 500km의 속력으로 동대구역에 20분 만에 주파하도록 하였다. 기계들이 차라리 잘 해요. 부산항 입출항 분석센터의 한 가지 아쉬운 점은 부산항을 직접 볼 수 없다는 점이다. 그러나 정보 수집 카메라가 워낙 많아 센터 내부의 대형화면으로 한눈에 모든 것을 확인할 수 있다. 사실 이제는 대형화면도 그다지 필요 없다. 보는 사람들이 거의 없으니. 고등자료처리센터에서 상세한 자료를 모두 수집 분석하고 있다. 그래도 필요 없는 대형화면을 유지하고 있다. 참, 기계들이란…:

회의실. 참석인원은 나 포함 인간 다섯 명과 기계 한 조(인간들하고 회의할 때는 로봇 모양의 기계가 참석한다.) 기계에도 하나의 좌석이 배정된다. 그러나 그 기계 좌석에는 수만 수억의 기계들이 연결되어 모든 것을 메모하고, 분석하고, 자료를 제시한다. 오늘의 주제는 항만 통제 기계들의 스트레스 상승의 문제라고 한다.

피식, 기계들도 스트레스?

뇌파 분석시스템이 내 생각을 읽었는지, 기계는 프레젠테이션 시스템에 기계의 스트레스를 설명한다. 현재 기계들은 전부 인공지능으로 해야 할 일들을 정리하고 있다. 인공지능은 기본적으로 반복법으로 수만 가지의 경우를 따져보고 이 중 가장 적합한 것을 찾아내는데, 반복 횟수가 초기 상태보다 증가하면 기계의 스트레스가 커졌다고 정의한다는 설명을 하여주었다. 나름대로 이해가 되네. 참, 기계들이란….

십 년간의 기계 스트레스를 그림으로 보여준다. 십 년 전에는 선박 한 척당 스트레스가 1,000 MS(Machine Stress) 수준이었는데, 8년 전에 이것이 갑자기 5,000 MS가 되고, 2년 전에 10,000 MS로 뛰고 이것이 계속 상승곡선을 그리다가 현재 15,000 MS 수준이 되어있었다. 십 년 전과 비교하여 보면 선박 한 척당 15배의 노력을 기계들이 하고 있다는 것이다. 그런데 문제는 십 년 전의 과업과 현재의 과업에 별 차이가 없다는 것이다. 이 문제를 다각도로 분석하여 보았지만, 기계들은 실마리를 찾지 못하여 인간들과 협조하여 이 문제를 분석하고자 한다는 것이다. 다른 자료로는 연간 처리하고 있는 선박의 척 수가 십 년간 50% 증가하였고, MS가 갑자기 증가하기 전에 새로운 선박이 투입되었다는 자료를 보여주었다. 그러나 새로운 선박은 이전 선박에 비하여 지능화가 더 되어 항만 통제가 더 쉬운 선박이라는 것이다. MS가 떨어져야 정상인데 반대로 증가하였고, 그 이유를 찾지 못하고 있다는 설명이 있었다. 인간들은 여러 가지를 물었다. 기후변화와 연관이 있는가? 일하고 있는 인간의 수가 줄었는가? 기계의 지능을 더 많이 투입해 보았는가? 전력품질의 안정도는 얼마인가? 선박이 대형화되었는가? 별 뚜렷한 소득이 없다. 나도 여러 가지 질문을 하였다. 새로운 선박이 아닌 예전 선박을 통제하는 MS는 어떻게 변화하였는가? 15배가 아니라 10배 정도 된다는 답변이 있었다. 새로운 선박은 예전 선박에 비하여 어떤 면에서 좋아졌는가? 전자석 기둥에 쉽게 붙이기 위한 쓰러스터 제어를 위하여 선수선미 형상이 조금 바뀌었는데, 항주 저항이 증가하지 않는 형상으로 바뀌었다는 설명이 있었다. 또한 인공지능도 현재 자동차에서 성능이 검증된 버전으로 업데이트되었다는 추가가 있었다. 별문제가 없는 것 같은데? 그 후 여러 가지를 같이 점검하였지만 뾰족하게 문제와 연관된 사항을 찾지 못하였다. 결국 문제를 알았으니 시간을 가지고 천천히 검토해 보자는 결론을 내리고 회의를 마쳤다. 그런데 이상한 점이 있었다. 십 년 전인 2040년부터 기계들이 미학을 추구한 이후 기계들은 서두르지 않았는데, 이번에는 기계들이 서두르고 있다는 것이 어렴풋이 느껴졌고, 기계들이 인간들에게 서두르는 인상을 주지 않으려고 노력하고 있다고 느껴졌다. 왜 그러지? 참, 기계들이란….

세종 출장

머칠 전 부산 출장을 다녀온 후 생각이 많아졌다. 왜 기계들이 서두르고 있다고 느꼈을까? 하지만 내가 고민한다고 무엇을 할 수 있나. 기계들이 알아서 잘 운영하고 있는데. 기계들의 스트레스가 올라간 이유에 대하여 이런저런 생각을 하였다. 아직 알 수 없었다. 분명 선박은 훨씬 더 쉽게 운전되는 선박이고, 인공지능도 검증된 버전을 사용하고 있는데? 어디서 실마리를 찾아야 하나? 생각이 꼬리에 꼬리를 물고 나온다. 얽힌 실타래가 머릿속에서 춤을 춘다. 급기야 Secretariat이 나한테 말한다.

아이고! 좀 쉬세요. 니코 뭐 어쩌고를 해도 좋고.

잉? 그게 뭐야? 그건 불법이야!

전 눈 감고 있고 냄새를 맡지 않아서 그게 뭔지 몰라요.

그래, 고맙다. 나가서 심호흡 좀 하고 올게.

다 알고 있으면서. 다 보고할 거면서. 말이라도 내 걱정을 해주는 척하니 고맙다. 신발을 갈아 신고 건물을 나와 등산길로 올라간다. 며칠 전 비가 많이 와서 흙이 팬 데가 여러 곳 있었다. 점프. 이런. 발 닿는 곳이 무너졌다. 넘어지진 않았지만, 신발과 바지에 젖은 흙이 묻었다. 바지의 흙을 털고 주변에서 나뭇가지를 집어 신발에 묻은 흙을 긁어내었다. 지저분하다. 그만 됐다. 정상으로 올라갔다. 상쾌한 바람이 분다. 가슴이 시원하다. 니코치리노노아를 꺼낸다. 한 모금 빨아들인다. 찌릿찌릿 모세혈관이 떨고 모든 세포가 흥분한다. 두 번이면 충분하다. 한참을 쉬다 내려왔다. 머릿속 실타래는 그대로이지만 마음은 한결 차분해졌다.

사무실에 들어오니 Secretariat이 메시지가 왔다고 알려준다.

뭐 잘못한 거 있으세요?

왜? 많지.

내일 중급공동위원회로 오래요.

중급공동위원회? 세종에 있는 거?

맞아요.

왜 오라는데?

기계 스트레스 관련이라는데, 자세한 내용은 비밀이라는데요. 그리고 아무한테도 알리지 말고 오랍니다.

이런 예의도 없는 놈들. 내가 가야만 돼?

가야 해요. 공동위원회는 무오류 원칙이 있어서 모두 따라야 해요. 불응
은 허가되지 않아요.

알았어, 알았어. 이런, 기계들이란….

공동위원회의 결정에 불응은 허가되지 않는다. 2031년에 그렇게
결정되었다. 지구상에 상급공동위원회가 하나 있고(어디에 있는지도
모르고, 실체를 아는 사람이 주변에 한 명도 없다.), 지역별로 중급공동위
원회가 있다. 한반도는 세종에 있는 중급공동위원회가 담당한다. 하
급공동위원회는 몇 번 가 보았지만, 중급공동위원회는 처음이다.

다음 날 아침, 금강 변을 따라 올라가다가 세종으로 접어들었다.
예전에 4대강을 가지고 많이 싸웠다는데 이제 그런 종류의 싸움
(전문가는 배제하고 아마추어들만 참여하는 싸움)을 하는 정치인 집단
들은 기계에 밀려 사회활동을 못 한다. 무의미한 싸움들. 금강 변
의 드라이브 코스는 항상 쾌적하다. 확 터진 시야, 시원한 물 냄새,
적당한 Winding. 부산 출장 때 먹은 벌점 때문에 한 달간 통제된
도로에서 수동운전을 못 한다는 것이 아쉽다. 세종에 있는 중급공
동위원회는 호수공원에 인접해 있는 건물을 사용하고 있다. 예전
에는 대통령기록관이었다고 한다. 인간들이 지배하던 시절의 흔적
을 모두 지워버리고 자료는 모두 디지털화되어 메모리에 담겨있다.

원하면 자세히 볼 수 있지만 보는 사람들이 없다고 한다. 중앙회의실에 들어섰다. 원탁에는 인간 5명과 기계 4조가 앉아 있었고, 한쪽 끝으로 나와 다른 인간 한 사람의 자리가 마련되어 있었다. 아마도 나와 그 사람이 이번 회의에 초대된 사람이리라. 5명의 사람을 살펴보니 60이 넘어 보이는 사람이 3명, 40대 정도 1명, 앳된 20대로 보이는 1명이 있었다. 아마도 비상한 사람들이리라. 나이는 문제가 되지 않는다. 4조의 기계는 각각 설명 및 프레젠테이션 담당, 자료 분석 담당, 의견 제시 담당 및 정리 및 판단 담당으로 구분된 것처럼 보인다. 기계 하나로 하여도 그 뒤에 수억 개의 기계들이 연결되어 아무런 문제가 없을 텐데. 그래도 비슷한 숫자를 맞추고 인간 위원의 수가 한 명 많게 하여 인간들이 기계들과 협의하여 결정한 것처럼 보이게 하였다. 위원장은 가장 나이가 많은 인간이 담당하게 하였다. 참, 기계들이란….

회의에 들어가기 전에 위원장이 위원회 회의 시 주의 사항을 알려주었다. 일단 중급공동위원회 회의가 시작되면 모든 참가자는 진술을 거부할 수 없다. 질문을 받은 위원은 항상 답을 하여야 한다. 진술과 답변에서 실수는 용인되나 거짓은 허용되지 않는다. 초대된 사람들도 똑같은 자격을 가진다. 그러나 결정은 위원들만의 만장일치로 한다. 만장일치가 되지 않은 사항은 미결정 사항이 되고, 이것을 다음 회의에서 다시 다룰 것인지 폐기할지는 위원장이

상급공동위원회에 설명하고 그 위원회의 결정에 따른다. 만장일치? 가능한가? 나중에 위원장의 회의 주재 방식을 보고 나서 이해가 되었다. 위원장은 의견이 갈렸을 때나 합의가 되지 않으면 만장일치가 될 수 있는 안건으로 내용을 수정하고 다시 회의를 진행한다. 또한 위원들은 안건을 상급공동위원회로 넘기는 것을 바라지 않고, 대부분 이 회의에서 결정이 되기를 원하는 것 같았다.

오늘의 주제는 '기계들의 Machine Stress 증가와 이상행동'. 우선 설명 담당 기계 위원의 간략한 설명이 있었다. MS의 정의, 요즘 문제가 되고 있는 선박 및 항만 제어 기계들의 MS 증가 추세, 산발적으로 나타난 기계들의 이상행동의 예, 이것을 제어하기 위하여 사용한 방법 및 효과 등. 설명이 끝나자, 위원장이 다음과 같은 말을 이어갔다.

오늘 회의를 하는 목적은, 기계 위원이 설명한 기계들의 이상행동에 대한 분석이 첫 번째 목적이며, 이에 대한 대처방안이 두 번째 목적입니다. 물론 이 회의로 모든 것을 다 파악할 수 없다는 것을 위원회는 알고 있습니다. 여기에 초대된 두 분은 해당 분야에서 업적을 가지고 있기도 하지만, 상당히 독특한 발상들을 하시기에, 솔직하게 말해서 우리의 인공지능이 생각 패턴을 완벽하게 분석하지 못한 두 분이기에 이 자리에 모셨습니다. 한 분은 수학자이시고 다른 한 분은 선박 분야의 연구자이십니다. 저희끼리는 많은 회의를 거쳐도 항상 같은 결론 밖에 나지 않기에 다른 방향의 고견을 듣고자 합니다. 참고로 저희의 결론은 항상 '이런 일은 일어날 수 없다' 입니다. 우선 수학자 분께 질 문을 드리겠습니다. 선생님은 Bifurcation equation(분기 방정식, 두 갈래로 나누어지는 문제에 대한 방정식)과 Catastrophe theory(파국 이 론, 돌발이론)를 잘 아십니까?

음, 잘 안다는 것이 무슨 뜻인지는 모르겠으나, 남들만큼은 알고 있습 니다.

그러면 사회문제나 과학 문제에 실제 적용도 하실 수 있습니까?

사회문제에는 적용하지 않습니다. 할 수도 있지만 어렸을 때 사회문제에 적용하였다가 정치적 비난과 엄청난 여론비판을 받고 그래 관두지, 뭐 라고 생각하고는 쳐다보기도 싫었습니다. 그 이후로는 적용할 필 요가 있을 때 과학 문제에만 적용합니다.

선생님의 경험에 비추어 적용 시 주의하여야 할 사항이나 특이점은 없습 니까?

한마디로 말하면 아마추어는 빠져라, 라는 이야기를 하고 싶군요.

그렇게 말씀하시는 이유가 있으신가요?

조심하여야 할 사항이 있고, 대충하여도 되는 사항이 있는데, 아마추어 는 이것에 관한 생각이 없습니다. 현재 기계가 계산하는 데 기본적으 로 유효자리를 16자리까지 사용합니다. 거의 모든 문제에서 성공적 인 결과를 내고 있습니다. 여기에서 문제가 발생합니다. 실수는 원래

무한 자릿수인데 유효자리 16자리의 유한 자릿수로 계산하게 되니 그 미세한 차이가 다른 문제에서는 별문제가 되지 않지만, Bifurcation theory의 분기점에서는 문제가 됩니다. 이것에 대한 통찰이 있어야 결과가 유효한지 유한 자릿수를 사용한 것 때문에 다르게 나왔는지를 판단할 수 있습니다. 이것은 인공지능에게도 마찬가지입니다.

인공지능도 아마추어인가요?

맞습니다. 인공지능도 아마추어이긴 매한가지입니다. 기본적으로 과거에 문제가 되지 않았던 방식만을 추구하고 있으니까요.

중간에 기계 위원 중 하나가 현재의 계산 방식을 도표로 보여주며 인공지능 분석 결과 정확도는 99.9999라는 것을 알려주었다. 그러자 수학자는 코웃음을 치며 100%가 아닌 데라며 일축하였다. 수학자는 조금이라도 잘못될 구석이 있는 것에는 아주 단호하고 확신에 찬 어조로 설명하였다. 이것 때문에 동료들에게 따돌림을 당한 일도 많았다고 한다. 이 이외에 Duffing equation에 관한 질문과 답이 있었고, Mandelbrot Set에 관한 질문과 설명이 꽤 길게 이어졌다. 나는 이런 이야기를 나누는 것이 무엇 때문인가, 에 대하여 곰곰이 생각하였다. 확실하진 않지만, 지금 상황이 특이점(singular point)에 도달하였고, 검증된 인공지능은 self-similarity(자기 유사성) 때문에 잘못된 것을 반복하고 있다는 어렴풋이 감지할 수 있었다. 다음은 나에게 질문이 이어졌다.

선생님은 일전에 부산신항의 항만 제어 기계의 MS(Machine Stress)의
증가에 대한 설명을 들으셨습니다. MS의 증가에 대하여 어떻게 생각
하십니까? 우리는 실마리라도 찾기 위하여 질문을 드리는 것이니, 조
그만 사항이라도 말씀해주시기 바랍니다.

MS가 증가하면 무엇이 문제입니까? 현재 기계들이 다 감당할 수 있을 것
인데요. 검증된 인공지능들이 자기복제를 하여 다 감당할 것입니다.

그래도 MS가 증가하면 향후 너무 많은 연산이 필요하게 되고 그러면 발
전 용량을 키워야 하는데, 이에 대한 분석이 필요한 상태라서 질문을
드리는 것입니다.

십 년간 15배 커졌다고 하는데, 그 정도는 고등자료처리센터에서 쉽게
감당할 수 있는 수준이라고 생각됩니다.

15배를 너무 쉽게 생각하시는군요. 우리는 이에 대한 대책을 마련해야
합니다.

질문과 답이 겉돌고 있다. 자기 패를 까지 않고 대화하는 이런
상황이 싫었다. 내가 졌다. 내가 물었다.

사고라도 났습니까?

다들 잠잠하다. 맞는군. 잠시 후 위원장이 20대의 위원에게 눈짓
을 하자, 젊은 위원이 말하기 시작하였다.

이 자리가 중급공동위원회이기 때문에 사실을 말씀드립니다. 사실 상하이항에서 사고가 발생하였습니다. 처음 사고 자체는 큰 게 아니었습니다. 접안용 전자석 기둥에 선박이 옆 방향 규정 속도를 약간 넘게 붙었는데, 충격이 발생하였고 이게 원인이 되어 접안용 기둥이 회수가 안 되는 일이 있었습니다. 물론 처리는 세 시간 내에 이루어졌지요. 옆 방향 규정 속도를 넘게 움직였다는 것이 문제입니다. 그 이유를 그쪽 중급공동위원회에서 시간을 들여 다루었는데 그쪽의 결론도 '이런 일은 일어날 수 없다' 입니다. 그런데 더 큰 문제가 있었습니다. 사고 선박과 공동 작업을 하는 선박들에서 사고가 발생하였습니다. 규정 속도를 넘기는 문제뿐만이 아니라 갑자기 선회하여서 전복 사고가 발생하기도 하였습니다. 사고 선박들을 조사해 보니 처음 사고 선박과 자료교환이 많았던 선박들이었습니다. 비정상 동작을 하는 선박의 수가 늘어나고 있고 이것이 사고 선박과 자료교환을 많이 하는 선박인 것을 파악하였지만, 자료교환을 차단하면 더 큰 위험 즉 충돌 사고가 발생할 수밖에 없어 자료 차단을 하지 않고 사태를 수습하려다가 결국 충돌 사고가 발생하였고 모든 선박을 정지시키고 상하이항은 폐쇄되었습니다. 상급공동위원회에 보고가 되었고, 상급공동위원회는 전 세계에 있는 중급공동위원회에 명령을 내려 이 사고를 분석시켰습니다. 그러나 예상하는 바와 같이 결론은 하나같이 '이런 일은 일어날 수 없다'이었습니다.

어처구니없는 일이 발생했네. 사고 선박의 시간대별 위치를 보여 달라고 하였다. 설명 담당 기계 위원이 대형화면에 선박들이 움직이는 것을 2-D 그림으로 보여주었다. 사고 선박이 이상행동을 보이는 순간부터 빨간색으로 바꾸어 그려달라고 하였다. 빨간 선박의 점점 늘어나는 것이 일목요연하게 보인다. 어렴풋이 보이는 게 있었다. 처음 사고 선박과 가까이 교행한 선박이 다음 아니면 그다음에 빨간색으로 바뀌는 것처럼 보인다. 이것을 확실히 하기 위하여 사고시간이 빠른 것을 위에 그리고 시간대별로 아래로 선박을 그려 넣고 거리가 아니라 자료전송량을 선박과 선박의 이은 선의 굵기로 표현해 달라고 하였다. 이상행동을 보이면 사고 선박 바로 밑으로 옮겨달라고 하였다. 보인다. 패턴이 보인다. 내가 의견을 말하였다.

맨 위에 처음의 사고 선박 A가 있습니다. 시간이 지나가면서 선박 B와 자료교환을 많이 하였고 조금 지나자 선박 B가 이상행동을 하였습니다. 이후 선박 C와 자료교환을 많이 하였고 선박 C도 이상행동을 합니다. 순차적으로 이상행동을 한 선박과 자료교환을 많이 한 선박들에서 이상행동이 발현되었습니다. 제가 생각한 것은 자료교환을 많이 한 선박들에 이상행동이 전파되고 있었다는 것입니다. 마치 인간들에게 바이러스가 전파되는 것처럼.

의견 제시 담당 기계 위원이 말하였다.

그럴듯한 설명이지만, 기계들과 인공지능에는 바이러스가 없어요. 이런
일은 일어날 수 없습니다.

그러겠지. 그래도 일어났잖아. 다음으로 전복 사고가 발생한 선
박의 복원성 자료(GZ)를 보여 달라고 하였다. 분석 담당 기계 위원
이 대답하였다.

GZ 자료요? 그 예전 기술 자료요? 지금 모든 선박은 인공지능으로 복원
성에 문제가 없게 만들어집니다. 복원성과 관련하여서는 복원성 실패
가 발현될 확률이 pico(10^{-12})보다 낮은 femto(10^{-15}) 수준을 유지하
고 있습니다. GZ는 더 이상 사용하지 않습니다.

수학자가 투덜거렸다.

또 15승이야. 16자리의 한계라니까.

내가 그러면 사고 당시의 무게 중심의 높이와 선회각 속도에 의
한 경사 모멘트를 보여줄 수 있느냐고 물었다. 분석 담당 기계 위
원은 무게 중심의 높이를 알려주며 인공지능은 전복확률을 pico

수준을 유지하며 운항하게 되어있다는 것을 알려주었다. 참 답답하네. 참, 기계들이란….

　그러면 인공지능은 선박에 대해 도대체 무엇을 알고 운항하고 있다는 말이에요?

이번엔 젊은 인간 위원이 대답한다.

　인공지능에 대하여 이해가 부족하신 것 같습니다. 인공지능은 과거의 모든 자료를 종합하여 행동 패턴을 정합니다. 이때 성공 사례와 실패 사례를 다 참조하여 성공 확률 실패 확률을 계산하여 임무가 주어졌을 경우 임무 성공 확률을 최대로 하는 방법을 찾습니다. 또한 현재 버전의 인공지능은 임무에 지장을 줄 수 있는 사항에 대하여 즉 선박의 경우 복원성 실패 확률, 전복확률 같은 것들이 pico 수준까지 떨어지는지 확인하고 행동 패턴을 정하고 있어서 문제가 없습니다. 과거의 지식은 이제 더 이상 통하지 않습니다. 이 버전의 인공지능이 현재의 차량에 적용되어 5년간 단 한 건의 사고도 유발하지 않았다는 것이 이것을 증명합니다.

　이해가 부족하다고? 네 설명대로 이런 일은 일어날 수가 없잖아. 그런데도 일어났잖아.

아니, 선박에 대한 배경도 지식도 없이 그냥 선박을 잘 몰기만 하면 된다
고 말씀하시는 겁니까?

나는 빈정상하여 말하였다.

글쎄 인공지능에 대한 이해가….

젊은 인간 위원이 이야기하는 것을 자르고 다시 물었다.

우리 중급공동위원회 관할 항구에서는 어떻습니까?
아직 사고는 일어나지 않았지만, MS가 국소적으로 감당 못 할 만큼 증
가한 사례가 몇 건 발생하였습니다. 물론 국소적 증가라서 다른 기계
들이 역할 분담을 다시 하고 MS를 낮추어 아직은 문제없이 대처하고
있습니다.
조만간 우리도 사고가 날 것으로 판단하시는 거죠?
예상 발생확률이 점점 증가하여 현재 2%를 넘었습니다.
문제가 발생했다는 이야기로 들립니다.

젊은 인간 위원이 다시 끼어들었다.

아직 사고가 나지 않았습니다. 선생님은 선박 분야에 대한 전문가이실 지는 모르겠으나, 그것은 예전 기술입니다. 현재 모든 동역학 시스템에 대하여 자가 진화 인공지능 알고리즘이 적용되어, 쌓여 있는 자료를 학습하고 실제 제어하면서 현장 적용 자료를 계속 쌓고, 해당 시스템의 특성을 반영한 임무 성공 확률을 최대로 올릴 수 있는 제어패턴을 결정합니다. 이것이 새로운 기술입니다. 모든 동역학 시스템에 적용이 가능한 기술입니다. 자동차의 사고가 한 건도 일어나지 않았다는 것이 이것을 증명하고 있습니다.

저 자식이? 내 안의 화를 진정시키려고 숨을 천천히 깊이 쉬고 있는데, 예전에 아버지가 들려주셨던 이야기가 생각났다. 예전에 바둑의 고수가 둘 있었는데, 바둑을 너무 좋아하고 정상에 올라가기 위하여 바둑에만 몰두하고 있었다. 그 둘이 만나 의기투합하여 산에 들어가자. 바둑판을 들고. 둘이 바둑의 모든 수를 같이 검토하자. 그러면 정상에 올라가지 않을까? 다음날 둘은 바둑판을 들고 산으로 갔다. 10년 동안 세상의 모든 수를 연구하고 검토하였다. 이제 됐다, 더 이상의 수는 없다. 하산하자. 내려와 기원으로 갔다. 그러나 전패하였다는 이야기였다. 한참 가만히 앉아 있다가 일어나 제가 의견을 제시하여도 좋냐고 위원장에게 물어 허락받고 차분하게 말을 시작했다.

젊은 위원님께서는(아직도 새파란 것이 버릇없이) 인공지능에 대한 확신이 넘쳐나는가 봅니다. (너만 아는 것 같니?) 그런데 세상에 완벽한 것은 없을 것입니다. 여기 기계 위원들도 계시고 수학자도 계신데, 99.999% 와 100%는 완전히 다른 의미를 가지고 있습니다. pico와 0도 마찬가지입니다. (이것을 니들은 이해할 수나 있을까?, 근데 나는 이해하고 있나?) 아주 좋은 인공지능이지만 완벽하지 않을 것입니다. 자동차는 인간들이 가끔 수동운전을 합니다. (수동운전 면허를 니들은 가지고 있니? 운전도 못 하는 놈들이.) 그러나 현재 선박은 완전히 인공지능에 의하여 운항되고 있습니다. 인공지능에 의하여만 운항되니 더 완벽할 것 같지만 더 큰 위험성을 가지고 있을 가능성이 있습니다. (기계 위원들이 화내지 않을까?) 이 중급공동위원회에서 제가 제안하고 싶은 것이 있습니다. (알아들을 수나 있는지 모르겠네.)

여기까지 말하였는데, 기계음이 삐익 삐익 울리고 '경고 이중사고를 하지 마십시오! 경고합니다.' 아니, 이 회의실에 있는 뇌파 분석시스템은 이중사고를 파악할 수 있구나! 젊은 인간 위원이 말하였다.

선생님의 의견은 100이 안되니, 인간이나 인공지능이나 별 차이가 없다고 말씀하시는 겁니까?

'삐익 삐익 인간 위원님! 경고 이중사고를 하지 마시기 바랍니다. 경고합니다.' 기계음이 또 울린다. 아니 저놈도 이중사고를…. 음. 그러거나 말거나 나는 내 말을 이어갔다.

제가 제안하고 싶은 사항을 말씀드리겠습니다. 이 제안의 배경과 근거에 대하여 확실하게 설명하지는 못합니다. **(니들 같은 놈들이 이해나 하겠니?)**(*(사실 나도 잘 몰라.)*) 하지만 가능한 하나의 가설로서 받아들여 주셨으면 합니다. 우선 인공지능은 과거의 자료들을 분석하여 가장 좋은 행동 패턴을 정합니다. **(좋기는 개뿔.)**(*(인공은 인공이야! 이것들아)*) 그리고 현재와 가까운 과거에 가중치를 더 줍니다. 아주 과거의 자료는 가중치가 0에 가깝죠. 예전의 지식기반 자료가 거의 무시된다는 이야기입니다. **(니들도 예전 사람들이 될 거야. 알아? 이놈들아!)**(*(내가 가진 것은 예전 지식뿐인데.)*) 여기에 문제가 있는 것으로 보입니다. 선박은 현재 모두 인공지능에 의하여 운항하고 있습니다. **(우리 연구소 자율 지능 운항 연구 때문이지.)**(*(제대로 한 것인가?)*) 통제된 상황에서 가장 좋은 행동만을 할 수밖에 없습니다. 그래서 가중치가 높은 자료는 거의 같을 수밖에 없습니다. 이 상태가 계속 지속되다 보니 참조하는 자료가 거의 정답에 가까운 자료만이 존재합니다. 확률적으로 보면 거의 모두가 같은 자료가 됩니다. **(이해할 수 있겠니?)**(*(그러면 안 되나?)*) 즉 표준편차가 아주 작아집니다. 이때 어느 선박이 가지고 있는 과거 자료의 표준편차가 0이 될 수가 있는데, 이것은 아까 수학자

분께서 말씀하신 바와 같이 10^{-16}보다 작으면 0으로 처리하는 것과 관련이 있습니다. **(거봐 아까 수학자가 맞잖아.)** *((그런데 진짜 무한 자릿수를 써야 하나?))*

여기까지 이야기하는데, 이번에도 기계가 삐익 삐익 거리면서 또 경고를 보낸다.

경고, 이중... 아니.. 이중.. 아니 하지 마십시오. 경고합니다.

무엇을 하지 말라는 거야? 저놈은. 그런데 내가 이야기하는 것이 맞는가? 내친김에 계속 이어갔다.

또한 현재 인공지능은 자기가 축적한 자료만 사용하는 것이 아니라 가까이 있는 선박과 통신하여 다른 선박이 축적한 자료도 받아 사용하고 있습니다. 참조할 자료가 많아지니 훨씬 효율성이 있겠지요. **(왜 이런 것을 해 가지고.)** *((이래 놓고 잘했다고 자화자찬하였겠지?))* 사고 선박이 가지고 있는 자료의 표준편차가 0이 되고, 이것이 다른 선박의 자료로 넘어가게 되면 영향을 받은 다른 선박의 자료도 금세 표준편차가 0이 되는 현상이 발생합니다. **(쓰레기 자료들이야! 인마.)** *((0이 되면 좋긴 하겠다.))* 한계점에 가까운 선박들에 바이러스가 옮아가는 것과 마찬가지의 현상이 발생하는 것이죠. **(이게 바이러스가 맞겠지?)** *((마스크도*

없는데.)) 이런 경우 조그마한 변수가 생겨도 아주 크게 반응할 수밖에 없습니다. 그러나 자동차의 경우 수동운전을 하는 인간들의 자료가 계속 존재하고, 이 운전패턴에는 바람직하지 않은 패턴들이 있습니다. **(나같이 수동운전을 하는 사람들을 존경해야 해. 이것들아.)** *((이런 바람직하지 않다고 내가 왜 이야기했지?))* 절대로 자료의 표준편차가 0이 되는 경우가 발생하지 않습니다. 그래서 항상 좋은 것과 나쁜 것을 판단해 낼 수 있지요. 제가 제안하고 싶은 것은 좀 멍청한 인공지능을 만들어 주셨으면 합니다. **(원래 인간보다 멍청했잖아.)** *((표현이 너무 이상하다.))* 또한 부족한 인간들이 하는 자료를 좀 더 사용하시면**(약 만 년 지식의 무게가 느껴지지?)** *((나는 그것밖에 할 줄 모르거든.))* 귀찮지만, 올바른 방향을 찾을 수 있을 것입니다. 완전하지 않은 것들의 집합이 더 완전할 수도 있는 것입니다. **(우와 명언이다!)** 감사합니다.

자리에 앉았다. 내가 무슨 이야기를 한 것이야? 흥분하니 삼중사고까지 넘어간 것이야? 횡설수설하다 보니 내가 무슨 이야기를 한 것인지도 모르겠다. 젊은 인간 위원의 얼굴은 불그락푸르락하고 있었다. 젊은 인간 위원이 일어나 말하려고 하는데, 위원장이 이것을 제지하고 다음과 같이 말하였다.

선생님의 의견 잘 들었습니다. 잘 이해는 못하였지만, 중요한 단서가 들어있다고 생각하였습니다. 선생님의 의견에 따라 다시 한번 저희가 분석하여 보겠습니다. 감사합니다. 이만 초청된 두 분은 돌아가셔도 됩니다. 다시 한번 감사드립니다. 그런데 저도 수동운전 면허가 있습니다.

내 이야기를 이중으로 다 파악하고 있었구나. 욕도 많이 했는데. 괜히 부끄러운 마음이 들었다. 수학자와 인사를 하고 집으로 향하였다. 중간에 차를 금강 변에 세워놓고 나가서 상쾌한 바람을 맞았다. 누가 보거나 말거나 니코치리노노아를 한 모금 빨았다. 찌릿찌릿 전율. 내가 무슨 일을 했는지 복기를 해보았다. 젊은 인간 위원이 나를 빡치게 하기 전까지는 자세히 기억나는데, 그다음부터는 내가 어떤 말을 했는지 머리가 뒤죽박죽되어서 정리가 하나도 안 되고 요점도 모르겠다. 한참을 있다가 다시 집으로 향하였다. 중간에 중급공동위원회에서 보낸 메시지가 도착하였다. 회의를 방해한 이유로 한 달간 재택근무. 이런, 이런… 차라리 마음이 차분해진다.

다시 일상

출근한다. 집 앞에 주차된 트랜스 모빌 모델 A에 오른다. 차 번호는 A-3415, 색상은 Spicy Red. Roadia 3.0이 반갑게 인사를 건넨다.

오랜만에 출근해서 기분이 좋으시겠습니다. 마침 날씨도 좋습니다.

그래, 반갑다. 한동안 재미있었는데. 재미없는 차를 또 타다니.

수동 운전금지 2주 남았네요. 금방 갑니다.

　재택근무가 열흘 만에 풀렸다. 이유는 알려주지 않았다. 연구소에 도착해 보니 주차장에 웬 차가 이렇게 많지? 사무실에 올라가서 Secretariat에게 물어보아 이유를 알았다. 예전에 재택근무 명령을 받은, 사실상 퇴출당한, 직원들에게 출근 명령이 내려졌다는 것이다. 거기에 나도 포함되었다는 것이다.

그런데 주인님은 무슨 일이 있으셨어요? 검정라벨 출입증이 발급됐어요.

무슨 일은, 욕하다 그랬지. 아니 검정라벨이라고?

예, 검정라벨이에요. 이제 제한구역이 없어요.

　응? 이게 웬일? 검정라벨이란 말이지? 이때 전화가 왔다. 수화기를 들 필요는 없다. 지향성 스피커와 마이크 때문에 그냥 이야기만 하면 된다.

안녕하세요? 저는 일전에 중급공동위원회에 같이 참석했던 수학자입니다.

안녕하세요? 제가 그때 좀 무례하였지요? 죄송했습니다.

아니에요. 선생님에게 감사드리고 싶어서 전화했어요.

네? 무슨?

수학자가 전해준 이야기는 이렇다. 회의 중 이중사고에 대한 경고가 울리자, 회의를 상급공동위원회에서 보기 시작했고, 회의 끝난 후에 전체 자료를 받아 가 분석하였다고. 그런데 상급공동위원회에서 검토해보니 내가 말했던 것과 비슷한 의견이 스웨덴 중급공동위원회에서도 나와서 이것을 분석하기 시작했고, 일면 타당한 구석이 있어서 시험적으로 우리 연구소와 스웨덴의 한 연구소에서 부족한 인간들에게 하고 싶은 연구를 시켜보자, 라는 결론이 나와 재택근무가 모두 풀리게 되었다고 전해준다. 그래서 자기도 이것이 재미있겠다 싶어서 우리 연구소로 전출을 신청하여 다음 달부터 우리 연구소로 출근하게 되었다고 말하였다. 그래 되면 좋을 것 같다고 말하면서, 그런데 내가 무슨 이야기를 했나요? 라고 물었다. 머리가 뒤죽박죽되어서 내가 무슨 말을 했는지 모르겠다고 말하니 웃으면서 자기가 우리 연구소로 오면 자세한 이야기를 해주겠다고 한다. 기다리겠다 하고 전화를 끊었다.

그래서 열흘 만에 나도 풀린 것이구나. 열흘 동안 나름 재미있었는데, 이틀 동안은 아무 생각 없이 천장만 쳐다보고 있었다. 6일 동안은 금강 변 공설주행시험장에 가서 하루 6시간씩 차를 탔다. 집에 있는 수동 차를. 내가 가진 수동면허는 통제된 도로에서

0.5G이지만 공설주행시험장에서는 아무런 제약이 없다. 산악도로 Winding도 신나게 즐기고, Slow In Fast Out을 좀 더 연습하였다. 코너링 전에 최대한 늦게 브레이킹하는 것을 연습하였다. 코너를 빠져나갈 때의 타이어 비명, 저단기어로 바꾸고 풀 액셀 시 엔진 굉음, 1G가 넘는 옆 방향 가속도. 가슴이 쫄깃쫄깃하면서도 후련하다. 참 이틀 전 재택근무가 풀린다는 메시지가 왔던 날, 중급 공동위원회 위원장을 보았다. 미안해서 인사도 못 했다. 그분도 상당하던데….

연구소에서는 적지 않은 변화가 있었다. 우선 다시 많은 인원이 근무하게 되어 사무실 재배치가 있었고, 가장 특이할 점은 하고 싶은 연구 주제를 마음대로 결정하라는 것인데, 기초이론을 더 연구해 주기를 바란다는 것이었다. 다음 달 수학자가 오면 좋아하겠다. 2019년의 환경을 만들었다고 하였는데, 이번에는 기계적인 것을 좀 더 배제하였다. 상당수 직원들이 이게 뭐냐고 불편하다고 투덜댄다. 나는 이전과 똑같은 사무실을 쓴다. 그런데 좋은 일은 나에게는 업무량 평가를 하지 않는단다.

블랙라벨이다. 아무 곳에나 들어갈 수 있다. 연구소 A동 1층에 문서보관소가 있다. 예전 문서들과 전산 자료, 예전 선배들이 남기고 간 노트들이 보관되어 있다. 항상 궁금하던 곳이다. 요즘 반나

절은 이곳에 들어가 예전 것들을 살펴보는 게 일이다.

　진짜 전설이 사실이었구나. 자율 지능 운송연구본부와 사업단의
명단을 보니 '진'으로 끝나는 이름이 약 반이나 된다. 이중 몇몇은
비고란에 개명하였다고 기록되어 있다. 진짜 전설이네. 또 하나 알
게 된 사실이 있다. 본부장 ○○진 박사가 나중에 인공지능에 대한
업적 때문에 중급공동위원회 위원이 되었고, 그때 젊은 인간 위원
은 그의 아들이라는 사실이다. 그래서 그렇게 인공지능을 옹호하
였구나. 보고서도 많이 있는데, 미발표 보고서도 있었다. 그중 눈
길을 끄는 보고서는 '인공지능의 완결은 가능한가'라는 제목의 미
발표 보고서였다. 관심이 가서 읽어보았는데, 이해하기가 어려워
포기하고 결론 부분을 보았다. 거기에 누가 수기로 이런 말을 써넣
었다.

　"하이젠베르크와 괴델에게 물어보지 않은 인공지능은 허상
이다."
　"쌓여진 지식을 통한 종합분석이 없고 통찰력이 없으면 쓰레기
인가?"

　나도 만년필 글씨를 배워야겠다. 정말 멋있다. 그런데 무슨 말이
지? 도대체? 언제 시간을 내서 하이젠베르크와 괴델에게 물어보아

야 하겠다. 여러 가지 낙서들도 보였다. 재미있는 풍자도 있었다.

민주정치(悶主定恥)란?
'니네의십분의일보다더해먹었으면그만둘께당'이 출범한 후 정치 변화
'내가해먹겠어당'으로 권력이 바뀐 후 '쟤네가더해먹었어당'이 권력을 뺏
　어옴.
'쟤네가더해먹었어당'은 '내맘대로할께당'으로 개명함.
이후 '멸치당(蔑恥唐)'과 '밴댕이당'(상대가 멸치라서)으로 불리는 두 당의
　코미디가 본질.

경험해 보지 못한 나라 = 코미디에서 정치풍자가 사라진 나라

언제 한번 연도별로 선배들의 낙서를 정리해 봐야겠다.

그중 처음 보고 눈을 떼지 못했던, 내 책상 앞에 붙여놓고 싶은
글에는 이렇게 쓰여 있었다.

지혜로운 이의 삶

(○○○○중)

유리하다고 교만하지 말고

불리하다고 비굴하지 말라

무엇을 들었다고 쉽게 행동하지 말고

그것이 사실인지 깊이 생각하여

이치가 명확할 때 과감히 행동하라

벙어리처럼 침묵하고 임금처럼 말하며

눈처럼 냉정하고 불처럼 뜨거워라

태산 같은 자부심을 갖고

누운 풀처럼 자기를 낮추어라

무중력

　오늘은 날씨가 참 맑다. 저기 하늘에 뭉게구름이 떠 있다. 저렇게 하얀색이었나? 잠깐 어머니 생각이 났다. 이런 날은 빨래하기 좋은 날이라고 말씀하셨을 것이다. 집 앞에 주차된 트랜스 모빌 모델 A에 오른다. 차 번호는 A-3415, 색상은 Spicy Red. Roadia 3.0이 반갑게 인사를 건넨다.

　　오늘 날씨 참 좋지요? 이런 날은 산속 드라이브가 제격인데요. 점심 먹
　　　고 드라이브 가실래요?
　　넌 내 맘을 어디까지 알아내니?
　　제가 어떻게 알아요? 아까 주인님이 하늘을 쳐다보시는 것을 보고 두드
　　　려 맞춘 거예요.
　　두드려 맞춰? 너 그런 것도 할 줄 알아?
　　아니 말이 그렇다는 것이고, 실제로는 주인님의 아까 행동이 과거 행동
　　　패턴 중 상관관계 0.9 이상을 추려내고, 이중 날씨가 좋은 날에 해당
　　　하는 상호 상관관계가 0.8 이상인 것을 순서대로 늘어놓고 보면 신뢰

도 0.99 이상으로 추론된 결과이지요.

말이 복잡하다. 그래도 1은 안되네. 앞으로는 '감이 그렇다'라고 해라.

알아들었습니다. 사무실 가시는 거죠?

응.

사무실에 도착하여 Secretariat이 오늘 할 일에 대하여 알려주는 것을 듣는다. 10시 부서 운영위원회, 11시 지속 가능 사회 및 자연에 대한 교육, 오후 1시 전자기 연구위원 전화 통화. 전자기 연구? Secretariat에게 무슨 일이냐고 물어보았다. 전자기 연구위원회에서 전언이 있었는데, 내용은 자기네들이 가지고 있는 식의 유효성에 대하여 문의할 것이 있다는 것이라고 알려주었다. 전자기에 대한 식? 내가 뭘 안다고? 이따 통화해 보면 알겠지. 그나저나 점심 후 드라이브는 날아갔네.

부서 운영위원회 안건은 별로 특이한 것이 없었다. '지속 가능 사회 및 자연'에 대한 교육은 약 10년 전부터 계속 해 오는 교육이다. 이 교육이 시작되기 전에는 여러 가지 이름으로 시행되던 교육들이 많았다. 지금은 여러 비슷한 것들을 합쳐서 시행하는 교육으로 바뀌어, 현대를 살아가는 시민의식과 행동양식에 대한 교육이다. 내용도 모르고 클릭만 해대는 사이버교육의 실패를 답습하지 않기 위하여, 이 교육은 교육장에 모여 고전적인 프레젠테이션을 화면에 띄우고 강사가 설명하는 아주 전근대적인 교육으로 진행된다. 대다수가 구식교육이라고 투덜대지만, 효과가 높다는 것이 증명되었으니 어쩔 수 없다. 개인적으로는 이런 방식을 선호한다. 내용은 현대사회를 살아가는 인간들의 고뇌, 인간관계, 환경 보존 등에 대한 것이다. 기계들이 지배하는 사회가 되다 보니 인간들의 소외감, 무력감이 큰 문제가 되었고, 이런 상태의 인간들이 서로 소통하는 방법에 문제가 많이 발생하고 있다. 몇 번을 들어서 이미 잘 알고 있는 내용이지만, 인간들의 문제를 다시 거론하니 마음은 편치 않다. 집안에만 처박혀서 바깥으로 나오지 않는 인간들의 수가 상당하다. 이러니 인간관계 형성에 문제가 되고 타고난 본성에 따라 어떤 이는 폭력적인 성향이 나오고, 어떤 이는 한 가지 물건 또는 생각에 집착하게 되는 편집증 성향이 나오는 것이다. 기계들이 이런 문제에 관심을 가지게 이유가 있다. 기계들이 추구하는 바는 현재 상황을 크게 변화시키지 않으면서, 자기네들이 추구하는 미학에 따라, 우주의 모든 것을 알고 이것을 정리 정돈하는 것이다. 그러기 위해서는 지구 환경이 지금 상태를 계속 유지하여야 하는데, 인간계의 변화가 빨라 저출산, 동질감 상실 등으로 인간 개체수가 급격히 줄어들어 현재의 세대가 끝날 때쯤 즉 2100년경에는 인간 멸종이 돌이킬 수 없는 상황이 된다는 진단이 나오면서부터이다. 물론 이와는 반대의 견해도 존재한다. 그래도 위험도 평가의 결과는 이의 위험성을 계속 경고하고 있다. 따라서 인간관계 개선에 따른 행복한 삶의 장점을 강조하여 교육하고 있다. 그래 맞다. 기계들의 진단이 맞는 것 같다. 더 많은 사람들과 사귀고, 효율성 같은 것은 잊어버리고, 무의미하다고 생각하지 말고, 같이 할 수 있는 일이라면 좀 더 신경을 써야 할 것 같다. 인간의 시간 척도와 기계의 시간 척도 차이가 느껴진다. 100년과 50억 년의 차이이리라. 미학을 추구하는 기계라니, 참 나, 기계들이란….

　맛있는 점심을 먹고, 늘 하던 것처럼 연구소 내의 산에 올라갔다 왔다. 니코치리노노아도 한번하고. 오후 1시가 되니 Secretariat이 전자기 연구위원회에서 전화가 왔다고 알려준다. 전화기는 들 필요가 없다. 받는다는 생각만 하면 된다. 지향성 스피커와 마이크의 도움으로 사무실 안이면 어디서든 편안하게 이야기하면 된다.

　안녕하세요? 저는 전자기 연구위원회에서 일을 하는○○○이라고 합니다.
　안녕하세요? 선박연구소 ○○○입니다. 전자기 연구위원회와는 아직 한번도 같이 일을 한 경험이 없네요. 무슨 일인가요?
　네. 전자기 연구위원회는 모든 정부출연연구소에서 하는 일 중 전자기에 관련한 연구가 있으면, 이것에 대한 평가와 원활한 연구를 위한 도움을 주는 일을 하고 있습니다. 제가 이번에 말씀드리는 연구과제는 무중력 장치 설계 및 실증에 대한 과제입니다. 무중력 환경을 만드는 기본이론이 전자기를 이용하는 방법이기에 저희 위원회에서 관리하고 있습니다. 선생님께서는 Laplace equation의 해법에 대하여 경험이 있다고 검색이 되어, 이렇게 연락을 드린 것입니다.

예. Laplace equation은 예전부터 계속 다루는 분야이기는 합니다. 유체역학에서는 Potential Theory라고도 하지요. 제가 알고 있기로는 전자기학에서도 Potential Theory를 잘 이용하고 있어서 관련 전문가들이 많이 있지 않나요?

그게, 과거에는 Potential Theory를 다루는 연구자들이 있었는데, 약 50년 전부터 Lorentz 방정식만 다루고, 또한 이론 중심으로 다루지 않고 차분법에 의한 계산으로만 연구를 계속하기 때문에 한계가 있습니다.

그렇군요. 그럼, 제가 무엇을 도와드릴 수 있을까요?

파일을 하나 보내드리겠습니다. 읽어보시고 이것의 문제가 해결될 수 있는 것인지에 대하여 저희에게 알려주시고, 가능하다면 직접 현장을 보시는 것도 좋을 것 같습니다. 물론, 이것은 해결될 가능성이 있을 때입니다.

알겠습니다. 한 번 읽어보겠습니다. 연락드리죠.

감사합니다.

파일이 도착하였다. 모니터로 읽어보다가, 이 주제는 좀 더 생각하면서 읽어야 할 것 같아서 프린트하였다. 이것은 내 독특한 버릇이다. 생각이 필요하고 하나하나 따져보아야 할 것들은 종이에 프린트하여 읽어본다. 아직도 종이책이 팔리고 있는 이유이기도 하다. 요즘 세대들은 모니터나 휴대용 기기로 충분하다고 하는데, 나는 아직도 가끔 이렇게 종이로 프린트하여 읽는 경우가 있다. 요즘 종이책을 읽는 사람들은 두 부류이다. 하나는 종이책을 읽어야 집중하여 읽을 수 있고 내용을 제대로 파악하는 부류이고, 다른 하나는 복고풍을 좋아하여 아날로그 감성에 혹한 부류들이다. 참나, 인간들이란….

파일의 내용은 무중력 훈련 장치에 대한 것으로, 우주공간에 나가서 일할 사람들을 위한 것이다. 반중력 기계를 만들 수 있으면 좋겠지. 그런데 이론적 개념은 나와 있지만 아직 반중력을 재현할 기기를 만들어 내지는 못하고 있다. 아마도 이론적으로만 존재하고 실재하지는 못하는 개념일 수 있다. 따라서 중력의 영향 아래서 훈련을 받아야 하는데, 우주개발 초기에는 우주복을 입고 수영장에 들어가서 훈련을 받기도 하였단다. 이때의 문제는 전체적으로는 중성부력이라서 무게를 느끼지 않는데, 몸은 중력을 느끼고 있어 바로 서 있는지 거꾸로 서 있는지를 알 수 있고, 움직일 때 물의 저항을 받는다는 사실이다. 그 후 우주선 내에서의 활동 훈련을 위하여, 급강하하는 비행기에서 무중력 상태를 만들어 훈련하는 방법을 사용하였다. 그런데 이 지속시간이 30초 정도에 불과하여 훈련 효율이 별로 높지 않았다. 그래서 고심 끝에 찾은 방법이 전기장을 이용하는 방법이었다. 폐쇄되고 속이 빈 구의 경계에 전하를 가하는 방법인데, 구 내부에서는 전기장이 중력과 반대로 걸리게 하는 방법이다. 구 안에서는 전하량에 의한 힘이 위쪽으로 되도록 하여 아래쪽의 중력과 위쪽의 전기력이 서로 상쇄되도록 만드는 방법이었다. 내부 물체가 가지는 질량과 전하량의 비에 해당하도록 중력과 구의 표면에 주는 전하를 같게 하면 무중력 상태가 이루어진다. 초기에는 우주복의 표면에 전하를 주어 훈련하였다. 그런데 훈련자의 몸은 중력을 느끼게 된다는 문제가 있었다. 그래서 훈련자의 몸에 전하를 가지는 주사제를 주입하고 훈련을 시키자는 아이디어가 나왔다. 혈액은 온몸에 퍼져있으니, 혈액이 전하를 가지면 가능한 아이디어이었다. 또한 우주복을 입지 않고도 무중력을 체험할 수 있으니 가능하다면 훈련의 효과가 상당한 좋은 방법이었다. 양의 전하를 띠는 주사제를 만들 수 있는지를 조사하였다. 양의 전하를 많이 가지는 수용액을 만드는 방법은 산성의 수용액을 마이크로 필터를 거쳐서 크기가 작은 것들을 주로 통과시키면 양의 수소이온이 많아져서 양의 전하를 띠는 수용액을 만들 수 있다. 실험용 쥐에 주사하여 무중력 훈련 장치 안에 넣어보니 결과는 아주 좋았다. 실험용 쥐는 처음 느끼는 이 상태에 대하여 어쩔 줄 몰라 강력하게 허우적댔지만, 시간이 지남에 따라 차분해지고 20분 정도 경과하니 이 상황을 즐기는 것 같이 보였다. 그런데 문제는 몸이 산성화된다는 것과 어느 방향으로 움직이면 그 자체가 전류가 되어 자기장이 발생하고 이것이 전기장과의 상호작용으로 몸이 회전한다는 것이다. 몸이 산성화된다는 것은 인간들에게 큰 문제를 주었다. 훈련을 자원하는 인원이 극히 적은 문제가 되었다. 물론 훈련의 효과는 다른 방법이 비하여 월등하였다.

　이런 문제를 해결하고자 항공우주연구소와 전기 연구소, 화학연구소가 공동으로 자기장을 이용한 무중력 훈련 장비를 제안하고 현재 연구가 한창 진행 중이다. 이것에 대한 요약자료가 아까 받은 자료이다. 자료에서 눈에 띄는 것은 사용되는 약물이다. 새로 개발된 약물은 몸속에서 자장을 형성하는 효능을 가진 것으로, 무질서하게 배치된 물질의 자장 방향을 한 방향으로 유지하는 효능을 가지고 있다. 우리 몸을 구성하는 원자에는 핵 주위를 도는 전자가 있는데, 전자가 돌아가므로 자장을 자체적으로 만들고 있다. 그런데 이것의 방향이 무질서하여 평균적으로 자장을 띠지 않고 있다. 여기에 새로 개발된 약물을 주입하고 자장 재배치 기기에 들어가서 자장을 정렬하면, 그 효과가 약 1시간 지속되고 그 이후에는 정상적인 몸으로 돌아오는 효능을 가지고 있다. 이때 특이한 기능은 정렬하고 난 몸은 누워있건 거꾸로 서 있건 정렬된 자장의 방향이 공간적으로 항상 같은 방향을 향하고 있다는 것이다. 자장이 정렬된 한 시간 동안 몸의 변화를 전혀 주지 않는다는 장점도 있다. 약간의 문제는 자장에 반응하는 쇠붙이를 몸에 지니고 있으면 약간의 통증이 있다는 것이다. 가장 좋은 방법으로 보인다. 그런데 무슨 문제가 있다는 것인가? 조금 더 읽어보니 문제가 무엇인지를 알겠다. 이것도 마찬가지로 몸이 움직이면 자기장이 움직이므로 전기장이 형성되고 Lorentz Force가 발생하여 움직이는 방향을 축으로 회전력이 발생한다는 것이다. 또한 형상 설계안을 보니, 속이 텅 빈 구를 택하였는데 구를 만들어 표면에 장비를 설치하기가 힘들다는 것이었다.

로렌츠 힘(Lorentz force)에 의한 회전력은 자기장이 움직일 때 발생하는 것으로, 주변에 전기장을 발생시켜 유도전류를 발생시키고, 이 유도전류가 자기장이 움직이는 것을 막는 방향으로 발생한다는 것이다. 구리파이프 속으로 자석을 떨어뜨리면 천천히 떨어지는 것과 같은 현상이다. 학교 과학 시간에 이 실험을 하였었는데, 그때는 보고도 믿기지 않았었던 기억이 있다. 이 현상은 유도전류에 의해서 발생하므로 훈련 장비 표면에서의 전류가 흐르지 않게 하면 해결될 수 있다. 전류가 흐를 수밖에 없다면, 움직임을 계측하고 유도전류를 예측하여 이것에 반대가 되는 전류를 걸어주면 되는 것이다. 즉 훈련 장비 표면에 장착되는 자장 장비에 있는 코일들에 전류를 제어하여 해결할 수 있다. 제어에 자신이 없다면 최대한 유도전류가 발생하지 않도록 재료와 자장 장비의 배치를 하면 아주 작은 힘만이 나오게 된다. 또 다른 하나의 문제는 훈련 장비의 형상을 구를 택하였는데 이것은 이론식을 이용하기 위하여서 하였는지 아니면 심미적인 관점에서 채택이 되었는지 모르겠지만, 내 생각에는 육면체로 해도 문제가 없을 것으로 보인다. 요즘 연구자들은 차분법으로만 문제를 다루기 때문에 적분방정식을 다루지 않는다. Laplace 방정식을 푸는 방법을 크게 세 가지로 나누면 해석해를 구하는 방법, 차분법으로 계산하는 방법, 적분방정식을 이용하여 해를 구하는 방법이다. 이 적분방정식을 이용하는 방법은 수학적으로는 Distribution Theory라는 말에 해당하는 방법이고 유체역학에서는 Green's 2nd Identity를 이용하여 source & doublet distribution이라고도 불린다. 이 문제는 적분방정식으로 문제를 풀면 간단하게 해결이 된다.

항공우주연구소라 하니 선배들의 업무 일지에 나와 있던 내용이 생각났다. 항공우주연구소가 정확히 언제 만들어졌는지 모르겠지만, 1990년 업무 일지에 항공우주연구소가 우리 연구소 B동 3층 회의실과 강당에 모여 있었다고 한다. 그 당시 인원을 정확히 모르겠지만 책상 몇 개를 가지고 시작한 연구소이었단다. 그곳에서 열심히 과제와 연구소 건물 설계를 하고, 약 2년 정도 있다가 자기 건물을 만들고 이사 갔다고 알려져 있다. 우리 연구소에서 더부살이로 시작하였던 항공우주연구소는 그 후 급성장하여 우리 연구소의 몇 배가 되었다. 그 후의 일에 대하여서는 나도 어느 정도 알고 있다. 그 연구소에서도 항공하는 연구자들은 유체역학과 물체 동역학도 연구하기 때문에 접점이 있었기 때문이다. 처음에는 항공역학이 주였는데, 인공위성과 발사체를 한다고 하여 정부의 지원을 받아 항공은 사그라졌고 우주 분야가 커져서 우리나라 항공 분야가 힘을 발휘하지 못하고 있다는 사실은 안다. 그런데 비록 우리가 우주 분야에 집중하고는 있지만, 우리나라의 규모에서 우주 쪽으로 가는 것은 예산을 집중해 주어도 강대국들에 비하면 새 발의 피라서 제대로 추진도 못 한다는 사실이었다. 지금이야 나라를 구분하지 않고 일을 하지만 사실이 그랬다.

  우주에서의 유체역학은 참 신기한 것들이 많다. 지표면 상의 유체역학에 익숙한 사람들에게는 신기한 현상들이 많이 나타난다. 가장 차이가 나는 것은 중력인데, 중력이 없다는 것은 큰 힘 중의 하나가 없어지는 것이므로 그전에는 작아서 무시하던 것들의 중요성이 훨씬 커진다. 이 중 중요한 것이 표면장력과 점착력이다. 지표면 상에서도 표면장력이 중요한 분야가 있다. 아주 작은 물방울을 이용하는 기기들에서는 표면장력이 커서 중력보다 영향이 더 크게 된다. 잉크젯 프린터의 문제나 화재 시 미스트를 만들어 화재를 제압하는 소화 분야에서 표면장력의 영향을 많이 다루고 있었다. 그러나 우주로 나가게 되면 표면장력이 가장 큰 힘이 되어, 물론 속도가 큰 유체의 흐름에서는 이 영향이 적어지지만, 지표면 상의 유체의 현상과 다른 것들이 나타난다.

과제가 가지고 있는 문제를 대충은 파악하였다. 이것도 내 생각에는, 지금 가지고 있는 계산프로그램만을 이용하니까 발생하는 문제인 것으로 보인다. 이론식에 대한 경험이 없으니 당연한 수순인가?

다음날 전자기 연구위원회에 연락하였다. 이 과제가 가지고 있는 문제는 유도전류에 대한 문제와 구조적으로 구의 형상을 만들어 내는 데 예산 문제라고 의견을 제시하였다. 이 문제를 해결하기 위해서는 절연체를 사용하거나 전기장 계측 센서를 사용하여 전기장을 강제로 제어하면 풀릴 수 있을 것이라고 해법을 제시하였으며, 또한 형상으로 구를 사용하지 말고 육면체를 사용할 수도 있다고 알려주었다. 전자기 연구위원회에서 이 의견에 대해 검토하고 결과를 알려주겠다고 하였다.

그날 밤 우주에서의 유체역학적 현상들에 대해 상상하면서 잠에 빠져들었다. 꿈에서 나는 중력을 제공하지 않는 (원심력을 이용한 중력) 우주선 내에서 생활하는 꿈을 꾸었다. 물이 큰 방울 형상을 하고 둥실둥실 떠다니고 있었다. 물방울을 가지고 재미있게 놀고 있었다. 꿈에 여러 가지가 나왔다. 물총 싸움도 하고 장풍으로 물방울을 날리기도 하였다. 마지막에는 샤워하는데 물방울들이 아래로 떨어지지 않아 코로 물이 자꾸 들어가 숨쉬기가 힘들어 잠에서 깨었다.

일주일 후 전자기 연구위원회에서 연락이 왔다. 나에게 문제를 해결하는 방법에 대해 프레젠테이션을 해줄 수 없느냐는 연락이었다. 된다고 하였고, 일주일 후 훈련장이 건설되고 있는 외나로도에서 회의하자고 하였다. 그날부터 해법에 대한 정리를 하여 자료를 만들었다.

외나로도 출장

외나로도는 참 멀다. 대전에서 유성 톨게이트를 이용하여 고속도로에 진입한 후, 익산, 전주를 거쳐 순천에서 고속도로를 빠져나온다. 이후 국도를 이용하여 고흥반도에 들어간다. 외나로도는 고흥반도의 맨 끝에 있어서 고흥반도에 들어가서도 한참을 가야 한다. 고속도로와 국도의 차이는 크게 없다. 고속도로에서는 속도가 약 100km/h-150km/h로 달리고 국도에서는 50-80km/h로 달리게 된다. 물론 자동운전 기능을 사용하여 속도가 얼마가 되어도 문제는 없다. 수동운전을 하는 사람들만이 속도 규정을 신경쓸 뿐이다. 또 하나의 차이는 최고속도가 150km/h가 되지 못하는 차는 고속도로에 진입하지 못한다. 약 1/3에 해당하는 차는 이 속도 규정을 지키지 못한다. 나의 운전 면허는 차종, 크기, 속도에 무제한이다. 다만 가속도 0.5G까지가 공공도로에서의 제한이다. 연륙교인 나로대교를 건너 내나로도를 거쳐서 역시 연륙교 나로2대교를 넘으면 외나로도이다. 점심을 먹기 위하여 나로도항으로 차를 돌린다. 나로도항은 섬에 있는 항구로 아담한 항구이다. 연안 여객선 터미널 주차장에 차를 세우고, 근처에 있는 ○○식당으로 향한다. 아주 오래전에 와 봤던 식당인데 맛있게 먹었던 기억이 있는 식당이다. 여수, 순천, 고흥에서는 서대회무침을 어느 식당에서도 한다. 예전에 선배와 같이 여수에 왔을 때 이 지방에 오면 무조건 서대회를 먹어야 한다고 하여 먹어본 기억이 있다. 맛은 솔직히 아주 맛있다고는 못하고 먹을 만하다고 기억한다. 그래도 오랜만에 왔으니 한번 먹어보려고 한다. 요즘에는 식당에도 혼자 오는 인간들이 많아서 1인분이 기준이 되어있어서 부담 없이 시킬 수 있다. 예전에는 회를 시키려면 한 상을 시켜야 해서 2~3인 정도에 충분한 양이었는데, 인간관계 때문에 혼자 식당에 가는 인간들이 많아지면서 모든 식당에서 1인분을 기준으로 하게 되었다. 또한 전염병에 대한 위생 의식이 강조되면서 음식을 서로 나누어 먹는 것을 꺼리는 현상이 있다. 서대회가 포함된 백반 1인분을 시켰다. 서대회의 맛은 솔직히 아직도 잘 모르겠다. 무침이라서 양념의 신맛과 매운맛이 강하기 때문에 서대의 맛은 제대로 모르겠다. 솔직히 나는 무침으로는 홍어회 무침을 제일 좋아하는 편이다. 그래도 오랜만에 항구에 나와서 회무침 곁들인 백반을 먹으니 예전 향취를 즐길 수 있어서 좋았다.

점심을 먹고 나로우주센터로 갔다. 입구 근처에는 우주과학관이 있어서 나로우주센터의 역사와 이곳에서 제작되고 발사된 발사체와 인공위성들이 전시되어 있다. 통제구역을 지나 훈련장이 있는 곳으로 갔다. 훈련장과 발사장은 다른 곳에서 보이지 않는 곳에 있다. 바다에서만 볼 수 있는데, 근처 해상이 통제구역이라고 가까이서는 볼 수가 없다. 이곳에 있는 항공우주연구소 발사장 및 훈련장은 생각보다는 작게 느껴진다. 우리나라는 아직 인공위성 정도를 우주로 올릴 수 있는 발사체만을 가지고 있기에 발사장이 작기 때문이다. 훈련장 앞에는 교육센터가 있다. 이곳에서 우주활동에 대한 모든 교육이 이루어지는 곳이다. 우주에 나가기 전 이론 및 실기를 교육하며, 몸으로 해야 하는 것은 훈련장에서 수행된다. 전 과정을 마치는 데는 6개월 정도가 소요된다고 한다.

교육센터에 있는 회의실로 안내되었다. 안락하게 꾸민 회의실로 아주 자유스러운 분위기를 자아내는 회의실이다. 회의에 참여하는 인간들은 여러 가지 의자 중 원하는 의자에 앉아서 회의하는 방식이다. 꼭 얼굴을 마주 보지 않고도 회의를 할 수 있다는 장점을 가지고 있지만, 한 가지 흠은 상대방의 얼굴에 나타나는 표정과 반응을 알 수 없다는 것이다. 회의 참가인원은 7명이었다. 전자기 연구위원 1명, 항공우주연구소 2명, 전기 연구소 1명, 외부 초청 인원 3명, 기계까지 합치면 총 8명이다. 전자기 연구위원이 이 회의 목적 및 참가자에 대해 간단한 소개를 하였다. 회의는 바로 본론으로 들어가서 먼저 언급한 과제를 수행하고 있는 실무자가 과제에서 개발하려고 하는 무중력 훈련 장비에 대해 개략적인 설명을 하였다. 그리고 현재 가지고 있는 문제들에 대해 설명하였다. 외부 초청 인원 중 한 명이 약물에 대한 위험성 관련 질문을 끈질기게 하였다. 실무책임자는 하나하나 자료를 제시하면서 모든 질문에 대한 답을 하였다. 상당히 준비해 왔고, 진짜로 아무런 문제가 없는 것으로 보인다. 전자기 연구위원이 나에게 본 과제가 가지고 있는 문제점에 대하여 발표를 요청하였다. 나는 프레젠테이션 자료를 띄우고 설명을 시작하였다. 내가 이야기할 것은 두 가지이었다. 유도전류의 문제와 훈련장 형상에 대한 것이었다. 이것을 이야기하기 전에 Laplace 방정식의 해를 표현하는 적분방정식에 관해 이야기하였다. 이것을 이야기하는 이유는 형상을 육면체로 하여도 된다는 것과 문제를 푸는 방법의 정당성에 대한 것을 확실히 알려주기 위함이었다.

'Uniqueness'. 이것이 증명되면 어떤 방법을 사용하여도 문제만 풀면 이것이 정해와 같다는 것이다. Distribution Theory로 적분방정식을 세우고 Test Function으로 Green Function을 사용하면 Green's 2nd Identity를 얻는데 이것을 적분방정식으로 하여 문제를 풀면 된다. 이 적분방정식을 이용하는 이유는 형상에 상관없이 문제가 어렵지 않게 풀린다는 것을 알려주기 위함이었다. 또한 전기장과 자기장이 변화하지 않으면 Linear 특성이 있어서 따로 풀어서 합쳐도 아무런 문제가 없다는 것을 알려주기 위함이었다.

문제가 되는 것은 주어진 자기장으로 중력을 상쇄시켰는데 훈련자가 움직이면 자장이 변하기 때문에 주변에 유도전류를 발생시키는 것과 마찬가지의 효과를 나타내고 이것의 영향으로 자장을 가지고 있는 물체가 회전력을 얻는다는 것이다. 유도전기장이 발생하여도 이것이 전류로 흐르지만 않게 하면 영향을 받지 않으므로 문제가 되지 않는다는 것과 훈련자가 2명 이상일 경우 한 훈련자의 움직임 때문에 다른 훈련자가 영향을 받으면 안 되어야 하는데, 이것은 거의 무시할 정도의 힘을 가지고 있는 것으로 계산이 되었다. 어느 정도의 힘이냐 하면 만유인력에 의하여 훈련자끼리 서로 당기는 힘이 발생하는데, 훈련자의 속도가 10m/s 정도 움직인다고 하여도 만유인력에 의한 힘의 1,000배 수준으로 훈련자가 이것을 거의 느끼지 못하는 수준이었다. 이 정도면 무시해도 훈련의 효과에는 영향을 미치지 않을 것으로 계산되었다. 형상을 육면체로 하는 경우, 표면에 걸어야 하는 자장의 크기와 방향도 계산되었다. 물론 해석적인 함수의 형태로 계산을 한 것이므로 자기장을 걸 수 있는 장비의 크기에 따라 다시 계산하면 사용할 수 있다고 말해주었다. 그리고 유도전류에 의한 영향을 줄이기 위하여 사용되는 전선을 감는 방향도 세심하게 조심하여 어느 방향의 전기장이 발생하여도 전류가 흐르지 않도록 하면 된다고 하였으며, 되도록 금속이 아닌 재료를 사용하는 것이 좋을 것이라고도 하였다.

초청된 인간 중 한 사람은 건강 보조장비를 만드는 업체에서 나온 인간이었다. 온열치료기로 유명한 업체이다. 이 사람이 여기에 온 이유는 가정용 무중력 장치를 만들어서 수면의 질을 높이는 기기를 만들 수 있는지 알아보려고 온 것이었다. 장비가 크고 복잡하여 가정용으로 무리가 있어 보이고, 차라리 수면센터를 만들어서 자기 정렬 장치를 통과시키고 훈련 장비와 같은 기능을 하는 수면실을 만들어 이곳에서 질 높은 수면을 유도하는 것이 좋을 것 같다는 의견들이 나왔다. 또한 무중력에 오래 노출되면 근력은 떨어지지만, 골격계는 하방 직 압력을 받지 않으므로 성장판이 닫히기 전의 어린아이들이 이곳에서 잠을 자게 되면 골격이 균형 잡히고 성장판이 잘 자라 키도 커지는 효과를 얻을 수 있을 것으로 예상되어 무중력센터를 만들어 보아야겠다고 판단하는 것 같았다.

잘 되었으면 좋겠다.

3개월이 흘렀다. 프로토타입을 만들어 보고, 훈련자를 시험 삼아 훈련을 시켜보았더니 효과가 만족할 만하다고 한다. 다만 벽 근처에서 힘이 발생하는 문제가 있는데 이것을 벽과 훈련 공간 사이에 자장이 투명하게 통과하는 재료로 0.5m 정도를 채워서 해결할 수 있다고 한다. 지금은 훈련에 필요한 만큼의 큰 장비를 만들고 있다고 한다. 건강 보조장비를 만드는 업체에서는 벌써 광고를 시작하고 있다. 당신 수면의 질은 어떠합니까? 자궁에서와 같은 수면을 제공하겠습니다. 유소년 성장에 관심이 있으십니까? 당신보다 늠름하고 날씬한 청소년을 만들어 드리겠습니다. 등등

예전에 보았던 영화가 생각난다. 제목이 '그래비티(Gravity)'라는 영화로 샌드라 블록 누님이 주연을 맡았고 딱 두 명만 출연한 영화이었다. 공기가 없는 곳에서는 소리도 전파되지 못하므로 우주공간에서의 적막, 무중력 상태에서 물방울의 움직임, 불의 형상, 소화기의 다른 용도 등등 그전에 생각하지도 않았던 장면들이 나에게 상당한 충격을 주었던 영화이다. 지표면에 살고 있는 것에 무한한 감사를 느끼며 또한 무중력을 경험해 보고 싶은 강한 충동을 느끼게 한 영화.

요즘 무중력에 대한 상상의 나래를 자꾸 펴게 된다. 장풍으로 물방울 밀어낸다. 장풍의 압력이 같지 않으므로 물방울은 그 형태를 변화시키고 표면장력 때문에 형태가 불규칙하지만 진동하는 형상 등. 또 꿈에 우주공간에서 샤워하는 꿈을 꾸는데, 물이 아래로 흐르지 않고 둥둥 떠다니니 이것이 코를 자꾸 막아 숨쉬기기 힘들어 머리를 흔들어 떼어내는데, 옆에 있는 더 큰 물방울이 코와 입을 막아 숨이 막혀 깨곤 한다.

토론회

우주선이란 용어는 영어 Space Ship에서 번역된 용어일 것이다. 요즘은 Space Craft란 용어도 많이 사용된다. 이것이 선박인지 따져보고 싶었다. 선장은 Captain이고, 이 선박이 군용으로 사용될 때는 함이라고 불린다. 선수 선미 함수 함미라는 용어도 아직 사용된다. Navigation, Navigator, 노트(knot)란 용어도 사용된다. 알게 모르게 선박에서 사용되는 용어들을 가져다 사용한다. 그런데 진짜 우주선이 선박일까? 이것에 대하여 우리 연구소에 연구그룹이 생겼다. 어디까지가 선박인지를 잘 알기 위하여 우선 선박을 제대로 알아야 한다. 선박이란 무엇인가?

토론회가 열렸다. 이번의 주제는 선박이란 무엇인가? 연구소에서는 한 달에 두 번 무한정 토론회가 열린다. 이번 토론회에 무중력 훈련 장비에 관한 생각이 있어서 내가 선박의 정의를 토론 주제로 올렸는데, 채택되어 토론회가 열리게 되었다. 토론회는 시작 시간만 있고, 끝나는 시간은 정해져 있지 않다. 오후 1시 30분에 시작된다. 어떤 경우에는 저녁으로 도시락을 먹으면서 밤새 토론이 끝나지 않는 일도 있다. 지쳐서 나가 버리든 상대방의 의견에 동조하든, 다른 의견이 더 이상 나오지 않을 때까지 계속되는 토론이다. 이런 토론회가 만들어지게 된 계기는 인간의 무기력을 더 이상 방치할 수 없어서 호기심, 정열 투쟁심 등 인간을 의욕적으로 만들 만할 거리를 찾다가 기획된 회의이다. 연구원 모두가 아니라, 몇 명이라도 이것을 기회로 의욕적으로 변화한다면 다행이라고 판단하는 회의이다. 평상시에는 10명 이내의 인간들이 참석하였는데, 이번에는 25명이나 모였다. 회의의 형식은 없다. 다만 회의 주재자가 있어서 중간중간 정리를 하고, 발언의 기회를 공평하게 돌아가도록 주재한다. 회의록과 보고서를 작성하지 않아도 되는 부담감 없는 회의이다. 내가 주제를 선택하였으므로 내가 주재자가 되었다. 회의를 시작하면서 왜 이 주제를 선택하게 되었나에 대한 설명을 하였다. 무중력 훈련 장비에 대해 자문하다가 이번 기회에 우주선과 선박의 차이에 대한 의문이 생겼으며, 과연 선박의 범위가 어디까지인가 토론하면 좋을 것 같다는 내용을 설명하였다. 주재자가 되기는 싫었는데, 주재자는 토론의 방향과 수위를 조절하여 토론을 이끌어가는 것이지 자기 생각을 표현하는 것이 아니기 때문이다. 그러나 주제에 대한 의견은 항상 낼 수 있다.

주제에 대한 설명은 끝났으니, 이제 토론을 시작하도록 하겠습니다. 말씀하시고 싶으신 분? 지금 손을 드신 ○○○님 말씀하시죠.

선박과 우주선과의 차이 및 관련성? 참 재미있는 주제라고 생각됩니다. 제 생각에는 우선 기능에 대하여 명확히 해야 할 것으로 생각됩니다. 사람 또는 물건을 싣고 위치를 옮기는 면에서는 같은 목적으로 사용되는 것으로 보입니다. 그런데 이런 목적의 장비나 기계는 아주 많습니다. 목적으로 생각하면 안 될 것으로 보입니다.

관련자들이 아닌 일반인의 눈으로 보면 어떨까요? 선박과 우주선 둘 다 선박으로 명명하고 있습니다. 영어로 Ship과 Space Ship이란 말이죠. 선장도 Captain이고요. Navigation이란 용어도 라틴어 navis(ship)와 ago(to go)가 합쳐진 navigo에서 파생된 용어이고, 해군의 Navy도 마찬가지입니다. 일반인들의 입장에서는 둘의 차이보다는 둘의 유사성을 더 생각하고 있는 것 같습니다.

지금 용어를 가지고 선박의 범주를 너무 넓히시는 것 같습니다. 그러면 비행선 airship도 선박이고, friendship도 선박입니까?

여기저기서 킥킥대는 웃음이 피어난다. 용어를 이야기한 연구원이 friendship도 선박 아니냐고 하면서 박장대소를 하였다. 용어 관련 설명에 문제를 제기한 연구원이 말을 이어갔다.

가장 기본적인 것이 얼마나 유사한가를 따져야 할 것으로 생각됩니다. 기본적인 것은 물에 떠 있다는 사실입니다.

저는 다르게 생각합니다. 잠수함을 예로 들면, 이것은 떠 있는 것이 아닙니다. 주위의 유체에 의하여 다른 방향의 힘이 받쳐져 있는 것입니다. 저는 우주선은 잠수함과 아주 유사하다고 생각합니다. 따라서 우주선을 선박의 한 종류로 생각합니다.

아니 우주선은 주위의 유체가 없는데?

아직 확정된 것은 아닙니다. 우주선 주위에 진짜 아무것도 없는지는 아직 확정된 것이 아니라는 이야기입니다. 현재 천체물리학자의 이론에 따르면 우주가 팽창하고 있는데, 플랑크 상수인가 뭐 있을 것입니다. 현재 파악된 우주의 질량으로 보면 벌써 수축하고 있어야 한답니다. 그런데 속도는 느려졌지만 팽창하고 있다고 합니다. 이것은 우주공간에 우리가 파악한 우주 질량의 두 배나 되는 암흑물질이 있기 때문이라고 합니다. 보이지도 않고 계측하기 힘들지만, 또한 유체인지는 모르겠지만 암흑물질로 꽉 차 있는 공간에 떠 있는 것입니다. 잠수함과 똑같습니다.

에이. 그것은 확정되고 검증된 것이 아니라 논의에서 빼야 합니다.

아닙니다. 결정만 하지 않았지, 암흑물질은 50~60년 전부터 여러 가지 방법으로 찾으려는 시도가 있었고, 20~30년 전부터는 진공 에너지가 암흑 물체로 인정되고 있습니다. 진짜로 아무것도 없으면 아무런 파도 전파되지 않습니다. 진공에서 소리가 전파되지 않듯이. 그러나 우리가 생각하는 우주에서 중력, 전자기파가 전파되는 것으로 진공에 이것들을 전달할 수 있는 전달자가 꽉 차 있는 것이 정설로 되어있습니다.

이야기가 다른 곳으로 흘러가고 있다. 토론의 주재자로서 별 수 없이 개입할 수밖에 없었다. 현대물리학이 아니라 고전물리학의 범위를 벗어나지 말고 논의를 하는 것이 관점을 벗어나지 않으니, 조금 더 우리와 밀접한 토론을 하는 것이 바람직하다고 중재하였다. 암흑물질에 대해 이야기하였던 연구원도 자기도 암흑물질을 그냥 이야기하였지 자세히 모르는데 너무 나간 것 같아 후회하고 있다고 논의를 돌리는 데 동의한다고 하였다. 여러 가지 이야기가 나왔다. 토론 시간이 벌써 3시간이나 지속되고 있었다. 점차 선박의 기능에 주안점을 두고 이야기하자는 의견이 나왔다.

선박이라고 칭할 수 있는 것은 우선 떠 있을 수 있어야 합니다. 지지력이 분포된 힘이어야 한다는 것이지요. 자동차는 바퀴를 통해서 지면의 지지를 얻으니 집중 지지형이지요. 우주선도 분포 지지형이라고 보아야 합니다. 암흑물질이 있든 없든 간에요.

좋아요. 또한 창고나 기지와 다른 기능을 가져야 하므로 추진하여 이동할 수 있어야 합니다. 또한 원하는 곳으로 갈 수 있어야 합니다. 이게 안 되면 기지로 특성 지어야 합니다.

– – –

＊ ＊ ＊

위에 토의한 각 항목에 각각 가중치를 주고, 합치되면 1, 아니면 0으로 하여 각각의 점수를 내고, 각각의 가중치를 곱하여 전체를 합쳐서 수치로 표현합시다. 이렇게 하여 85점 이상이면 선박으로 취급하면 어떨까요?

좋습니다. 한 번 계산해 보지요. 전통적인 선박은 전부 90점 이상이네요. 잠수함도 90점 이상이예요. 지상의 교통수단은 거의 50~60점 수준이고요. 자 그러면 우주선의 점수는… 88점이네요. 비행선은 음 이것도 89점이네요.

그렇게 우주선은 선박이 되었다. 여러 연구원들이 말도 안 된다고 하였지만, 한 연구원이 자신 있게 우주선을 바닷속에 가져다 놓으면 잠수함과 같은 기능을 수행할 수 있다고 장담하면서 이것에 반론을 제기할 사람이 있느냐고 물었을 때 아무도 답할 수가 없었다.

그날 집에 돌아와 잠자기 전까지 우주선이 진짜 선박일까에 대한 생각이 머릿속을 감돌았다. 우주선에 대해 생각하면서 잠에 빠졌다. 꿈에 우주선 내에서 활동하는 모습이 자꾸 나왔다. 샤워하다가 물방울들이 밑으로 떨어지지 않아 코와 입으로 들어와 숨이 막혀 몇 번을 깨었는지 모른다.

그런데 우주선과 비행선은 진짜 선박일까?

직업병

오늘은 해양레저센터와 관련하여 세일링 요트의 안정성에 대한 회의가 있는 날이다. 집 앞에 주차된 트랜스 모빌 모델 A에 오른다. 차 번호는 A-3415, 색상은 Spicy Red. Roadia 3.0이 반갑게 인사를 건넨다.

오늘은 바람이 좀 부네요. 이런 날은 바람맞기 좋은 산 정상이나 바닷가에서 온몸으로 바람을 느끼면 좋을 것 같은 날이네요.

그래 바람이 시원하다. 너는 어느 정도의 바람까지 버틸 수 있니?

제 모양이 달걀 반쪽과 같고, 속력이 없을 때는 지상고를 낮추지요. 즉 차체와 도로 바닥 사이의 간격을 줄이면 태풍이 와도 괜찮아요. 달릴 때는 지상고가 약간 있어야 하니, 차 속력 50km/h까지는 바람이 100km/h까지 불어도 끄떡없지요.

100km/h? 그게 어느 정도야?

초속 28m/s 정도로, 강풍경보가 내릴 정도예요. 참고로 강풍경보 기준은 20m/s이구요.

달걀귀신이라서 버틸 수 있는 거니?

달걀귀신이라니요! 주인님 미적 감각에 문제가 있네요! 탄생의 의미가

있는 모양인데, 공학적으로는 공기가 제 주위를 흐르면서….

무슨 공학적 설명까지. 그런데 너는 날달걀이니 삶은 달걀이니?

아니 주인님은 이제 별의별 것으로 트집을 잡으시려고 하네요. 날달걀과

삶은 달걀의 모양은 같아요. 주인님은 구별할 수 있으세요?

그럼. 난 할 수 있지. 돌려보면 알아. 너 한번 돌려볼까?

에이 농담도.

아냐 진짜야. 나중에 보여줄게.

오전에는 또 문서 보관실에 가서 선배들의 업무 일지를 뒤졌다. 우리 연구소에서 2000년대 초반에 레저보트를 연구한 적이 있다. 두 가지를 하였는데 하나는 세일링 보트이고 하나는 엔진 보트이다. 엔진 보트는 중소형이고 세일링 보트는 중형이다. 둘 다 실제 만들어서 성능평가까지 하였었다. 연구가 끝난 다음에 요트 계류장에 두고 연구소 연구원들에게 무료로 빌려주기도 하였는데, 이용자가 많지 않고 계류 비용을 처리할 계정이 없어서 결국 처분할 수밖에 없었다. 아깝다. 예전과 다르게 지금은 레저보트가 많이 활성화되어있어서 무료로 사용할 수 있는 요트가 있으면 인기가 있었을 텐데….

내가 어렸을 때, 아버지가 세일링 보트에 태우고 조종법을 가르쳐 주서서, 나는 세일링의 매력을 잘 안다. 처음 탔던 보트는 Dinghy 470이었는데, 2인용 보트이었다. 세일이 3개 달려있고, 센터보드가 선박 아래로 나와 있어 옆으로 밀리는 것과 횡경사를 줄이는 역할을 한다. 선미에 타가 있고 이것에 틸러가 붙어있어 조종자가 틸러를 밀거나 당겨 타를 조종한다. 또한 주 세일 아래 붐이 있고 이곳에 로프가 연결되어 세일의 각도 범위를 조절할 수 있다. 최대로 당기면 주 세일이 선박의 진행 방향과 같아지고, 느슨하게 놔두면 일정 각도 범위 내에 세일이 바람에 따라 움직일 수 있다. 아버지에게 처음 배운 것은 배가 뒤집어졌을 때 이것을 바로 세우는 것이었다. 배가 넘어져도 주 세일이 물속으로 많이 들어가지는 않아 90도 조금 넘게 된다. 한쪽으로 올라가 돛대에 붙어있는 줄을 잡고 넘어진 반대 방향으로 최대로 몸을 누이면 천천히 배가 바로 선다. 그런데 그때는 내가 몸이 가벼워서 혼자서는 되지 않았다. 아버지와 같이 배를 세워야 했다. 그다음은 택킹, 자이빙 시 붐 아래로 재빨리 반대편 선측으로 몸을 옮기는 것이었다. 신경 써서 해야한다. 아니면 붐에 머리 맞는다. 타와 줄잡이 방법을 배우고, 아버지가 자신은 크루 역할을 할 테니, '네가 몰고 나가 보자' 하서서, 떨리지만 틸러를 잡고 바람 방향에 직각으로 배를 몰고 나갔다. '배를 이 방향으로 유지하고 줄을 최대한 당겨 봐'라고 하서서 줄을 한껏 당겨 스토퍼에 걸었다. 주 세일이 바람을 한껏 받아 선박이 바람 반대 방향으로 기울어지자, 아버지는 허리에 줄을 감고 선측에 서서 선박이 기울어지는 반대 방향으로 최대한 몸을 누여서 선박이 더 이상 기울어지지 않게 하였다. 나도 발목을 선박 안 바닥에 있는 지지고리에 넣고 최대한 몸을 바깥으로 빼 몸으로 선박의 기울어지는 것을 막고 있었다. 이때 속도가 최고 속력은 아니지만 몸으로 느끼는 속도는 상상 이상이다. 몸으로 선박을 잡고 속도를 느낀다는 것은 해보지 않으면 설명이 안 된다. 바람이 세서 배가 넘어졌다. 아버지는 튕겨 나가서 머리에 찰과상을 입었다. 나는 다리를 선박 안에 넣고 있어서 튕겨 나가지는 않았다. 아버지는 괜찮으시다며 '배를 바로 세우자' 하셔서 연습한 대로 배를 바로 세웠다. 배로 올라와 이마에 난 상처를 만져보시고는 '괜찮아 괜찮아' 하셨다. 이후로 바람의 세기와 선박의 기울기에 따라 타를 사용하는 방법을 배웠다. 선박의 기울기를 몸으로 잡을 수 없으면 줄을 조금 느슨하게 하거나 타를 사용하여 풍상 쪽으로 배의 방향을 조금만 바꾸면 되는 것이다. 선박의 기울기가 줄어들면 다시 힘을 받는 방향으로 방향을 바꾸면서, 계속 조종하여 최대의 속력을 내는 것이다. 삼각형 코스를 도는 것까지를 마스터한 뒤, Finn 급 배를 연습하였는데, 이 배는 일인용 선박이다. 선박이 작아 붐 밑으로 몸을 옮기기가 너무 힘든 선박이었다. 다음에 배운 것은 윈드서핑이다. 이것도 처음 배우는 것은 세일이 넘어졌을 때 세일을 바로 세우는 방법이다. 보드 위로 기어 올라가 바로 서고 세일에 있는 줄을 천천히 당겨서 세일을 세워야 한다. 그다음 세일의 중간에 붙어있는 붐을 손으로 잡고 세일의 방향을 잡아 보드를 나가게 하는 것이다. 이것은 균형감이 없으면 배우기 힘들다. 전적으로 몸으로 세일의 균형을 잡아야 한다. 세일링을 배워서 어렵지 않게 배웠다. 바다로 나갔다가 바람이 없어져서 들어오는데 너무 힘든 경험을 한 후로는 타지 않는다.

오후 1시 30분. A동 3층 회의실에 들어갔다. 해양레저센터에서 2명이 왔고, 목포대학교에서 1명, 우리 연구소 2명, 기계 2명(?)이 참석하였다. 기계 1명은 우리 연구소 소속이고 다른 1명은 해양레저센터 소속이다. 해양레저센터 직원이 먼저 말하였다.

안녕하십니까? 저는 해양레저센터에서 근무하고 있는 ○○○입니다. 이번 회의는 저희가 요청하여 준비되었으며, 세일링 요트에 관한 것입니다. 저희가 판단하기에 안정성의 평가 방법 및 기준을 현실에 맞추어 개정하여야 할 것 같아 이에 대한 의견을 듣기 위하여 회의를 준비하였습니다. 참가해 주신 전문가 여러분의 의견이 저희에게 많은 도움을 줄 수 있을 것으로 기대합니다. 기계 직원 해양레저 A가 현재 파악된 문제점에 대하여 설명해 주시겠습니다.

안녕하십니까? 해양레저 A입니다. 저희 센터가 위치한 전남 남서해안은 해양레저가 가장 활발한 해역입니다. 따라서 사고도 제일 많이 발생하고 있습니다. 목포 앞바다는 훈련과 초보자들이 가장 많이 찾는 해역이고, 경험이 있는 레저인들은 진도, 완도 등의 계류시설을 이용하여 외해로도 많이 나갑니다. 홍도나 추자도까지도 항해하고 있습니다. 그런데 섬이 많은 내해를 빠져나가 외해로 나가면 파도가 상당히 높아집니다. 안전에 유의하라고 강조하여도 레저인들은 위험을 즐기는 사람들이 많아 통제하기가 힘듭니다. 외해에서는 전복 문제가 가장 큰 문제이고, 내해에서는 조종 능력 부족 때문에 충돌 사고가 자주 나고, 충돌을 피하고자 선회하는 도중에 전복되는 경우가 많습니다. 물론 전복된다고 하여 다 위험한 것은 아니지만, 바람이 세면 자력으로 돌아오지 못하고 전복된 상태로 표류하는 경우가 많습니다. 현재 우리 센터에서 운용하고 있는 구조선들로는 많은 사고자들에 전부 대처할 수가 없습니다. 따라서 세일링 요트의 안정성 기준을 높여 전복되는 선박의 수를 줄여줄 필요가 있다고 판단됩니다.

사고의 통계적 분석과, 세일링 요트의 종류에 따른 복원성 및 세일에 작용하는 힘들에 대한 설명이 있었다. 또한 현재의 안정성 기준에 대한 설명이 있었는데, 이것이 어떻게 설정이 되었는지 잘 알 수가 없었다. 아마도 인공지능 기계가 설정하였겠지. 내가 말하였다.

먼저 묻고 싶은 것이 있습니다. 세일링 요트를 꼭 안정하게 해야 합니까? 아니 사고를 줄이기 위해서는 안정하게 만들어야 하는 것 아닙니까?

세일링 요트를 이용하는 사람들도 과연 그렇게 생각할까요? 이 사람들은 동력을 사용하지 않고 자기 힘과 자연의 힘만으로 레저를 즐기는 사람들 아닙니까? 꼭 안정하게 해야 합니까?

현재 발생하는 사고의 수가 우리 센터가 감당할 수준을 넘어서서 문제가 되고 있습니다.

과거에 안정성을 높인다고 타와 주세일에 전복 방지 자동제어 기계를 붙인 적이 있었지요. 그런데 지금 어떻게 되었습니까? 아마도 전부 떼어 버리고 타고 있을 것입니다.

맞아요. 목포 내해에서 초심자들은 전복 방지 기계의 도움을 받아 즐기고 있는데, 경험이 있는 사람들은 전부 떼고 세일링 합니다.

아마도 그 사람들에게는 기계의 도움을 받아 세일링 하는 것은 창피한 일이기에, 아주 자랑스럽게 이 기계를 떼고 인증 사진을 올리고 있습니다. 그들의 모토가 '온몸으로 느끼고, 내 힘으로 나아간다.'이기에 안전성을 높인 배를 준다면 아마도 다시 개조하여 아슬아슬한 상황을 즐기려고 할 것 같은데요.

그러면 세일링 하는 사람들의 쾌감을 줄이지 않으면서 안정성을 높이는 방법은 없겠습니까?

레저센터 직원의 말에 생각들을 하느라고 잠시 침묵이 있었다. 하지만 이것은 하나를 올리면 하나는 내려갈 수밖에 없는 특성을 가진 문제이기에 쉽게 해결책이 나올 수가 없었다. 우리 연구소 직원이 말문을 다시 열었다.

> 그러면 자동제어 기계 없이 형상 설계로만 안정성을 올려야겠군요.
> 그럴 수 있다면 좋겠습니다.

목포대학교에서 온 교수가 다음과 같이 말을 이었다.

> 센터보드를 다르게 설치하는 것이 방법일 수도 있겠는데요. 현재 세일
> 링 요트는 중간에 아래로 하나의 센터보드를 가지고 있는데, 선체가
> 기울어졌을 때 효과가 작게 나오니, 두 개를 설치하고 바깥으로 나가
> 게 각도를 주면, 즉 5시, 7시 방향으로 부착하면, 기울어졌을 때 하나
> 는 똑바로 서게 되어 효과를 유지할 수 있지 않을까요?
> 괜찮은 방법입니다만, 센터보드의 효과가 좋으면 두 가지 문제가 있습
> 니다. 하나는 요트의 속도가 떨어진다는 것이고, 다른 하나는 효과
> 가 좋으면 바람이 옆 방향으로 세게 불면 더 쉽게 전복될 수 있다는
> 점입니다.
> 그러면 조금 작게 만들고, 선수 선미에 하나씩 두 개를 설치하면 어떨까요?
> 예전에 누가 그런 시도를 하였습니다. 주 세일에 작용하는 힘은 선박의
> 중간에 걸리는데, 선수 선미 한 쌍의 보드에 힘이 다르게 걸리면 선박
> 이 돌아간다는 문제가 발생하였었습니다. 또한 이것을 올렸다 내렸다
> 하여야 하는데, 조종자가 이 둘을 조작하기에는 어렵습니다.

그러면 세일에 걸리는 힘을 좀 작게….

에이. 그러면 힘이 적게 걸려 속도가 나지 않지요. 아무도 반기지 않을 건
데요.

이런저런 이야기가 오갔다. 해양레저센터에서 온 기계는 자동 제
어장치를 다는 것이 효율성 면에서 가장 좋은 것으로 추정된다고
이야기하였다. 또한 세일링 요트보다는 엔진으로 움직이는 요트를
타는 것이 바람직하다는 의견을 내었다. 인간들이 왜 세일링 요트
를 타는지 기계들은 잘 이해가 안 되는 것 같다. 참, 기계들이란….

이런저런 이야기가 나왔지만, 해결책으로 가는 길은 잘 보이지
않았다. 이에 해양레저센터의 직원이 발표 자료 이외의 자료를 더
드릴 테니 조금 시간을 가지고 검토해 보고, 2주 정도 후에 목포에
서 만나서 다시 회의하면 어떻겠냐는 의견을 제시하였고, 이에 모
두가 동의하여 2주 후 같은 요일에 목포 해양레저센터에서 회의하
는 것으로 결정하고 회의가 종료되었다.

문서보관소에 다시 가서, 세일링 요트에 대한 문서를 뒤졌다. 그
런데 문제가 있었다. 기술보고서는 거의 없고, 죄다 연구 사업보고
서뿐이다. 연구 사업보고서에서는 실제로 별로 얻을 것이 없다. 연
구를 사업으로 보고 사업적인 것만을 번지르르하게 꾸며 놓은 것

들이 대부분이다. 그중 몇 개의 보고서는 내용을 자세히 적어 놓아 도움이 되지만, 대부분의 연구 사업보고서에서는 잘 되었다는 이야기만 있으니. 참 나, 인간들이란…. 내가 원하는 것은 기술보고서이다. 왜 이 연구를 하여야 하는지, 또 결과를 내기 위하여 어떤 시도를 하였는지, 또한 중요한 것은 어떤 경우 초기 추정과 결과가 다른지, 추정과 결과가 다른 경우 이것의 원인을 무엇으로 추정하는지 등등 결과를 내는 것도 중요하지만 후배 연구자들을 위하여 꼭 적어 놓아야 하는 것들이 있어야, 지식이 후배들에게 전해지는데, 사업보고서는 이런 면에서는 자기 자랑만 늘어놓은 것이란 생각이 든다. 우리는 선배 세대에게서 받아 후배 세대에게 더 발전된 것을 전해야 하고, 또한 실패 사례를 충분히 전하여 후배들이 헛된 노력을 하지 않게 도와주어야 할 사명이 있으리라 생각한다. 이것이 기계보다 위대한 인간의 역사일 텐데…. 세일링 요트에 대한 실험과 계산을 찾아볼 수 있었는데, 질주 성능을 유지하고 안정성을 높이는 방안에 대한 실마리는 찾을 수 없었다.

2주일 후 목포로 출장을 갔다. 대전에서 목포로 가는 길은 고속도로로 전부 연결되어 있다. 도로포장은 예전과 다르다. 예전에는 원유에서 석유류들을 추출하고 남는 타르를 가지고 잘게 부순 자갈들과 섞은 아스팔트를 많이 사용하였었는데, 에너지를 상온핵융합으로 전부 해결하니 타르를 더 이상 만들지 않아 이제는 아스팔트가 없다. 그리고 콘크리트를 사용한 도로는 자동차 바퀴의 충격으로 시멘트 가루가 날리는 것이 호흡기에 나쁜 영향을 준다고 알려져서 새로 도로를 포장할 때는 더 이상 이용하지 않는다. 그래서 나온 방법이 바닷속 해초와 생선 내장, 불가사리를 끓이고 졸여서 만든 접착제와 조개와 산호를 적당히 부수어 만든 조각을 섞어 도로포장을 한다. 불가사리는 넣지 않아도 접착제의 효과는 차이가 없다. 그런데 예전 기후 위기 때, 바닷속 백화현상이 심하여, 그에 따라 불가사리가 너무 번성하여서 문제가 되어 이것을 해결하는 방법들이 여러 가지 제안되었는데 그중 하나를 사용하게 되었다. 불가사리의 몸은 접착제에 넣어서 사용하고 가운데에 있는 뼈는 조개껍데기와 유사하므로 조개껍데기와 같이 부수어 사용하게 되었다. 요즘에는 이 방법이 효과가 있어서 불가사리의 개체수가 점차 감소하고 있고 향후 20년 사이에 멸종될 수도 있다고 걱정하는 사람들도 나타났다. 이 접착제를 식물성 아교라고 부르는데, 실제로는 생선 내장과 불가사리의 몸이 첨가된 것이라 식물성이란 말은 좀…. 또한 조개와 산호를 적당한 크기로 분쇄해야하는데 아무리 잘해도 조각의 크기가 아주 작아지는 문제가 있다. 그래서 지금은 적당히 부수고 포장하면서 예전에 시멘트 포장 시 사용하였던 다이아몬드 그라인딩을 별수 없이 다시 사용하고 있다. 포장면이 매끄러워 비가 오면 타이어가 미끄러지기 때문이었다. 다이아몬드 그라인딩은 도로포장 면에 작은 홈을 내어 내린 비가 이 홈을 따라 흘러 도로 밖으로 배출하기 위한 방법이다. 따라서 타이어 소음이 아직 해결되지 못한 상태이지만, 타이어 소재가 발전하면서 소음은 많이 줄어든 상태이다.

목포 시내에 들어섰다. 연안 여객선 부두 근처에 있는 전부터 알고 있는 식당으로 들어갔다. 이 식당은 세발낙지 전문 식당이다. 바로 옆집은 홍어전문 식당이다. 목포에 오면 꼭 홍어를 먹는데, 이번에는 출장 후 휴가를 내서 남도에서 휴식을 취할 것이기에 오늘 점심은 세발낙지로 결정했다. 세발낙지는 발이 가늘어서 붙여진 이름이다. 발이 세 개라고 오해하는 사람들이 많다. 그런데 '세(細)'와 '발'이 붙여진 말이라 참 이상한 말이다. 한자와 한글의 조합이라니, 이러니 오해가 많지. 나는 통째로 낙지를 먹지는 못한다. 예전에 한 번 도전해 보았는데, 목구멍으로 넘기기가 겁나 계속 씹고만 있었던 기억이 있다. 따라서 백반과 '탕탕이'를 주문하였다. 낙지에게는 미안하지만 이게 마음 놓고 맛있게 먹는 방법이다. 탕탕이로 하여도 낙지는 계속 꿈틀거린다. 예전에 이것은 동물 학대라고 목포 식당들을 전부 고소한 유명한 일도 있었었다. 참기름으로 만든 소금 기름장에 찍어 먹는다. 고소함과 꼬들꼬들, 참 어울리는 맛이다. 전에 TV에서 보았는데, 낙지 채취는 예전의 방법을 사용한나고 한다. 낙지 잡는 기계를 도입한 적이 있는데, 너무 잘 잡아서 낙지가 씨가 마를 뻔한 후, 어촌계에서 회의가 열려서 적게 잡아도 좋으니, 기계를 사용하지 말고 직접 손으로만 잡기로 합의를 보고, 공동위원회에 건의하여 낙지잡이 기계를 폐기하고 더 이상 만들지 않기로 결정이 되었다. 낙지뿐만이 아니다. 바다에서 잡히는 생선은 두 가지의 유통경로를 가진다. 하나는 대량어획 및 공장 가동, 일반인 유통이고, 다른 하나는 허가된 어민에 의한 소량어획 및 지역 식당 유통이다. 어종 보호를 위하여 어민에 의한 소량어획을 제외한 대량어획은 철저한 계획에 따라 어획량을 결정하는 방법을 사용하여 어종 보호가 어느 정도는 이루어졌다. 목포식당에서 유통되는 것들은 대부분 어민이 직접 잡아 유통하는 것으로 가격은 대량 유통가격의 약 5배에 달하지만, 식도락을 좋아하는 사람들은 비싼 음식을 아무런 불평 없이 즐긴다.

점심을 먹고 해양레저센터로 향하였다. 해양레저센터는 목포 남항에 있는데, 원래 우리 연구소에서 지은 친환경 선박센터이었다. 목포 남항은 그 유명한 삼학도 바로 옆에 있는, 목포에서는 마지막으로 개발된 항구이다. 친환경 선박센터에서는 남서해안 수많은 섬을 연결하는 차도선, 또는 도항선, 즉 소형 페리선을 전기추진 선박으로 바꾸고 그 당시 운항하고 있는 선박에 대하여서는 친환경 연료로 주기관을 개조하는 일을 하였다. 물론 직접 선박을 만드는 것이 아니라, 새로운 친환경 선박에 관한 연구 및 실증을 담당하였다. 그런데 에너지문제가 해결되어 이곳의 일들이 축소되고, 전남 남서 해역이 레저해역으로 추진되는 바람에, 해양레저센터가 새로 만들어지면서 그 기관으로 시설물들이 이관되었다. 해양레저센터가 목포에 자리 잡은 이유는 이곳은 대형화물선이 정박하기에 좋지 않은 해역이기에, 이것의 특색을 강조하고, 앞바다에 섬들이 많아 사람들이 레저와 휴식을 하기에 아주 좋은 환경을 가지고 있기 때문이었다.

회의장에 들어섰다. 이번 회의에는 우리 연구소에서는 나만 참석하였고, 해양레저센터 직원 3명, 목포대학교 2명, 요트동호회 2명이 참석하였으며, 기계는 해양레저센터와 우리 연구소 1조씩 참석하였다. 해양레저센터 직원이 회의의 개요와 오늘 해야 할 일을 설명하였다.

안녕하십니까? 우리가 오늘 모인 이유는 세일링 요트의 안정성 향상을 위한 방법을 찾기 위한 것입니다. 안정성 향상을 위하여 기준을 바꾸게 되면 세일링 요트의 성능에 영향을 줄 수 있으므로, 요트동호회의 의견도 같이 청취하면서 바람직한 방법을 찾기 위하여 요트동호회 회원들도 모셨습니다.

요트동호회 회원입니다. 해양레저센터에서는 안전을 위하여 자꾸 성능을 떨어뜨리려고 하는데, 저희 회원들은 생각이 다릅니다. 저희가 세일링 요트를 즐기는 것은 현재 지구공동위원회가 추구하는 합리성,

효율성과는 아주 다릅니다. 합리성 효율성을 생각하면 세일링 요트
는 없어져야 하겠지요. 뭐 하러 이런 어렵고 귀찮은 요트를 탑니까?

요트동호회 회원님, 저희가 오늘 이야기하고자 하는 것은 세일링 요트의
성능을 떨어뜨리고자 하는 것이 아닙니다. 해역이 넓고 해양레저 인구
가 많아 우리 센터에서 사고 시 충분한 사고 처리를 못 하여 드리는 것
때문에 이것을 해결하고자 하려는 노력의 일환이라고 생각하여 주시기
를 바랍니다. 현재 우리 센터는 신안, 진도, 완도에 수색구조지부를 두
고 있는데, 사고의 건수가 증가하여 모두 대응하기가 어렵습니다.

그러면 수색구조지부를 더 두면 되지 않겠습니까?

그것에 대하여 잠깐 설명해 드리면, 세일링 요트가 척 수는 해양레저 기
구의 약 1/3인 데 반하여 사고 건수의 70%를 차지하고 있습니다. 그
런데 사고를 분석하여 보면 큰 사고가 아닌 전복 후 단순 표류 사고가
엄청 많습니다. 따라서 전복이 조금 적게 나오거나 선박을 바로 세우
기 쉽게 만들면 많은 것이 해결되고, 사고 시 출동하여 안전하게 구인
및 예인이 가능하게 됩니다.

센터와 동호회의 의견이 팽팽하다. 좀처럼 양보하지 않을 것 같
다. 언제까지 이 이야기를 듣고 있어야 하나? 말들이 조금씩 격해
지고 있었다. 먼저 화내면 지는 건데….

우리 센터는 동호회 회원들을 도와드리려고 하는 것인데, 사고 건수가 많

아지고 있어서 충분히 도와드리지 못하는 상황입니다. 사고 건수가 줄어들면 만족할 수 있는 서비스를 제공할 수 있고요. 현재 세일링 요트의 사고는 큰 사고도 아닌데, 일단 사고가 나면 전부 출동해야 하는 상황이라서요. 세일링 요트 관련 출동이 너무 많아 힘들다고요….

아니 자꾸 사고 건수를 이야기하는데, 그러면 세일링 요트 사고 중 충돌 사고나 침몰 사고가 아니면 출동하지 않으면 되잖아요? 우리 동호회 중 세일링 요트를 즐기는 사람들의 모토가 무엇인지 아세요? '온몸으로 느끼고, 내 힘으로 나아간다.'입니다. 내 힘으로 수습하고 돌아올 테니 걱정하지 마세요!

파국! 가끔 회의가 이런 식으로 진행될 때, 나는 하품과 한숨이 나온다. 열정적인 사람들이라 부럽기도 하다. 그런데 '온몸으로 느끼고, 내 힘으로 나아간다.' 참 매력 있는 모토이다. 이렇게 극한상황 또는 자연을 몸으로 즐기는 사람들과 안전 당국의 의견충돌은 아주 많은 곳에서 발생하고 있다. 기계가 많은 일을 빼앗아 갔기에 무력감에 인간들은 열정과 성취감을 잃어버리고 있었다. 기계들이 판단하기에, 이 상황을 방치하면 인간 멸망을 초래할 확률이 4%가 되어 (물론 수천 년이 걸리지만, 기계들에게는 짧은 기간이기에) 이것을 막아야 하였다. 기계들이 미학을 추구하게 된 이후 인간들의 극한 스포츠 또는 무모한 활동을 허용하였다. 인간들은 이성으로만 발전한 것이 아니라, 무모함과 쾌락의 도움도 받아야 발전할 수 있다는 가설을 세웠고 이 가설과 인간 발전 역사의 상관관계를 조사하여 보니 90% 이상이 되어 받아들이기로 한 것이다. 나도 수동자동차를 즐기니 이해가 되긴 한다. 이 상황을 해결하기 위하여 내가 이야기를 꺼냈다.

저도 한마디 합시다. 두 분의 열정에 대하여 부럽다는 말씀을 드리고 싶군요. 저도 세일링 요트를 예전에 배웠었습니다. 따라서 어떻게 하면 좋을지에 관한 생각도 있구요. 센터에서 2주 전에 보내주신 자료를 검토해 보았는데, 안정성 향상에 대한 방안은 결국 성능을 떨어뜨릴 수밖에 없습니다. 그런데 사고를 검토해 보니, 대부분 사고는 자이빙 시 발생하였습니다. 아시다시피 자이빙은 풍하, 즉 바람이 불어가는 쪽으로 세일을 활짝 열고 질주하다가 방향을 바꾸는 것인데, 속도를 최대로 내기 위하여 중급자 이상에서는 센터보드를 올리고 질주합니다. 따라서 안정성이 떨어지지요. 사고는 바람의 옆 방향이나 풍상 즉 바람이 불어오는 방향으로 가고자 할 때 발생합니다. 활짝 펴진 세일이 반대 방향으로 순식간에 넘어갈 때 사고가 발생합니다. 이때 붐에 머리를 부딪치는 사고와 센터보드가 올려 있는 상태에서 세일의 힘이 반대 방향으로 갑자기 바뀌어 요트가 전복되는 사고가 대부분입니다. 세일이 반대 방향으로 넘어가는 속도가 너무 빨라 조종자가 반대 방향으로 몸을 옮기기도 벅찬데 돛 줄과 틸러를 제대로 조종하여야 하고 센터보드를 다시 내려야 하는 동작을 하기에 아주 잘 훈련된 선수급이 아니면 상당히 힘이 듭니다. 따라서 제가 제안하고 싶은 것은 자이빙 시 발생하는 사고만 줄이는 방법이 어떨까 합니다.

어떤 방법이 가능하겠습니까?

내가 제안한 방법은 붐에 기계식 기어를 부착하여 붐이 돌아가는 속도를 조금 줄이자는 것이었다. 이의 효과를 알기 위하여 속도를 조금씩 줄이면서 자이빙 시의 세일링 요트의 거동을 시뮬레이션하였으며, 붐의 속도가 현재보다 70% 정도로 작아지면 조종자가 여러 가지 동작을 할 만한 시간을 벌어주고, 세일이 반대 방향으로 넘어가 다시 펴졌을 때의 충격도 약 50%로 줄어 사고의 90%를 줄일 수 있다는 결과가 나왔다는 것을 설명하였다. 센터 사람들은 이것이 사실이라면 괜찮은 방법이라고 생각하였고 정밀 검증을 하여 사용하자고 하였다. 그러나 동호회 회원들은 이렇게 하면 다이나믹한 터닝을 하지 못한다고 투덜거리면서 받아들이지 않겠다고 하였다. 이것으로 말싸움하는 중에 목포대학교에서 온 분이 절충안을 내었다. 현재 붐에 머리를 부딪히는 문제 때문에 세일링 요트를 타기 위하여서는 헬멧을 쓰는 것이 강제 규정인데, 붐이 돌아가는 속도가 줄어들면 붐에 머리를 부딪히는 위험성이 줄어드니 초심자만 헬멧을 쓰고 중급자 이상은 헬멧을 안 써도 되게 하는 절충안이었다. 참 이런 것이 있었지. 헬멧을 쓴 상태로 물에 빠지면 이 얼마나 귀찮은가 당해보지 않은 사람은 모른다. 이에 동호회 회원들끼리 서로 대화하더니 받아들이겠다고 하였다. 기계 참석자가 정밀 계산을 다시 수행하고, 마스트에 붐이 붙는 부분에 사용할 기어를 설계하겠다고 하였다. 아주 간단한 장비가 될 것으로 보이고, 기존 선에도 쉽게 붙일 수 있을 거라고 하였다. 기어를 만드는 데 1주일 정도 걸리니, 1주일 후에 기어를 장착한 세일링 요트를 준비하여 동호회 회원들이 시승하여 문제가 없으면 이것을 받아들이기로 하였다. 아마 잘될 것이다.

일은 끝났다. 이틀간 휴가를 내었으니, 저녁을 먹고 목포에서 1박을 하고 진도에서 쉬다 가리라. 저녁은 점심을 먹은 식당 바로 옆에 있는 홍어 전문 식당에서 먹었다. 홍어회무침 조금과 홍어탕을 시켰다. 젊었을 때는 이것을 잘 못 먹었는데, 나이가 드니 이상하게 홍어의 매력이 느껴졌다. 홍어는 뜨거울수록 세진다. 무침은 홍어 특유의 맛이 별로 없고 미나리와 무, 무침장의 맛이 더 강하다. 여기에 홍어의 삭힌 맛이 첨가되어 은은하게 홍어의 맛이 배어 있어 내가 좋아하는 음식이다. 홍어탕은 뜨겁게 끓여서 홍어의 삭힌 맛이 배가되어 있다. 코가 뻥 뚫린다. 코로 숨을 몇 번 쉬면 그렇게 개운할 수가 없다. 오랜만에 홍어를 즐겼다. 홍어는 현재 대량 어획은 하지 않고 어민들에 의하여서만 어획이 가능하다. 전통적인 채낚기 방법만 허용되고 있다. 요즘 알았는데, 이렇게 삭힌 생선을 먹는 나라가 북유럽에도 있단다. 북유럽에서는 삭힌 청어를 즐겨 먹고, 아이슬란드에서는 상어를 삭혀서 먹는다고 한다. 가만히 보면 이 삭힌 맛은 아마도 뼈에서 나오지 않나 생각된다. 상어고기도 예전에 먹어보았는데, 이것도 뼈가 우둑우둑 씹어서 먹을 수 있는 정도이었다. 아주 예전에 우리나라에서 제사가 있을 때, 홍어찜을 올리는 대신 상어찜을 올리는 지방도 있었다고 전해진다. 청어 뼈는 잘 모르겠다.

저녁을 먹고 목포의 자랑 유달산에 갔다. 걸어 올라가기 싫어 북항으로 가 케이블카를 탔다. 이 케이블카는 북쪽 끝에서 시작하여 유달산 전체를 감싸고돈다. 중간역에 내려서 약간만 올라가면 해안의 섬들과 반대편으로 도시 전체가 내려다보인다. 야경이 훌륭한 도시이다. 다시 중간역에서 고하도로 연결되는 케이블카로 바꾸어 탔다. 고하도는 이순신 장군의 유적이 있는 곳이다. 케이블카에서 내려다보이는 고하도에 세월호가 서 있다. 예전에 제주도로 수학여행을 가는 고등학생들이 많이 희생되었던 사고가 있었는데, 세월호는 남서 해역에서 침몰하였던 그 선박이다. 이후 세월호를 인양하여 목포신항만에 거치하였다가 최종적으로 고하도로 옮겨서 해양 사고에 대한 경각심과 안전 대한민국에 대한 교육목적으로 사용된다. 문서 저장고에 있는 노트들에서 이에 관한 이야기를 몇 번 읽었었다. 어떤 선배는 사고 당시 해군 지휘함에 타고 겪었던 구난 이야기를 적었고, 어떤 선배는 연구소에서 사고 원인 분석을 위하여 어떤 일을 하였는지 적었고, 어떤 선배는 몇 달간 지속된 사고 현장 지원에 관한 이야기를 적어 놓았다. 이중 정치적으로 이 사건을 이용하려는 사람들에 의하여 우리 연구소가 고발당한 일과 이의 억울함에 대한 토로도 있었다. 물론 무고로 판명이 났다. 이 사건에 대한 사고조사 및 원인분석에 대한 백서를 우리 연구소가 만들었으면 좋겠으나 그럴 수 없는 현실에 대한 탄식도 있었다. 그중 어떤 선배가 남긴 말이 내 마음속에 오랫동안 남아 있었다. 그 선배는 선박의 안정성에 대한 국제학회에 계속 참석하였는데, 세월호 사고가 있은 지 3년 후 참석한 학회 저녁 만찬에서 옆에 있는 일본인이 세월호에 관하여 물어보더란다.

[세월호에 관하여 다른 나라에서는 관심을 가지고 연구를 하여 결과가 나오고 있는데, 한국에서는 그와 관련하여 어떤 연구를 하고 있나요?]

[현재 한국에서는 연구자들이 세월호 사고 원인에 관한 연구를 꺼리고 있어요. 한국에서 세월호 사건이 연구 주제에서 정치적 문제로 바뀌었어요. 일단 정치적 문제가 되니 훌륭하고 능력 있는 전문가들이 다루지도 않고 입을 닫고 있어요.]

위의 글을 써놓은 선배는 그 밑에다가 '아우 쪽팔려! 내가 어디까지 설명할 수 있을까? 이 비이성적인 상황을.'이라는 푸념을 써넣었다. 전문가들이 몸을 사리는 일들이 예전에는 있었다. 전문가들이 앞에 나서지 않으니 나라 꼴이 어떻게 되었을까? 지금은 기계들이 다스리는 세상이 되었으니, 전문가들이 무시당하는 일은 없다. 그런데 현재의 문제는 전문가가 되려는 젊은 사람들이 점차 줄어가고 있다는 사실이다. 되어서 무엇하나? 힘들기만 하고.

　유달산 케이블카를 다 타고 진도로 향한다. 숙소는 울돌목에 정하였다. 울돌목이라는 지명은 바닷물의 흐름이 빨라 바위에 부딪혀 깨지고 자갈들이 굴러다니는 소리가 돌이 우는 소리가 난다고 하여 울돌목이라고 지었단다. 아쉽게도 내가 정한 숙소는 이 소리가 들리지 않는 위치에 있었다. 이순신 장군이 여기에서 해전에 승리하여 임진왜란의 전세가 바뀌기 시작되었다고 한다. 이때 이순신 장군의 말씀이 '전하, 저에게는 아직 12척의 배가 있습니다.'이었는데 유명한 말이 되었다. 아직 실망하기에는 이르고 투지가 남아 있다는 의미이다. 실제로는 사령선 포함 13척이었다고 한다. 조류를 이용하여 적선을 유도하고 울돌목에 쇠로 만든 줄을 내리고 있다가 적선이 몰려올 때 쇠줄을 당겨서 적선들을 걸리게 하고 조류 때문에 퇴각 못 하게 하고 화살, 대포로 적을 섬멸하였다고 한다. 조류가 얼마나 세기에. 통상 7-10노트이고, 최대 13노트까지 나온단다. 이 정도 속도면 초대형 화물선이 경제성을 위하여 다니는 속도인데…. 또한 유람선들이 다니는 속도인데, 그 당시 엔진이 없는 선박으로는 낼 수 없는 속도였을 것이다.

다음날 유람선을 탔다. 선미 부분에 올라탔다. 이 배는 두 개의 타를 이용하여 프로펠러 뒤에서 버킷 형상으로 타를 닫으면 프로펠러 후류가 버킷 형상의 타에 부딪혀 후류가 앞으로 나간다. 이를 이용하여 선박을 후진시킨다. 이후 타를 앞 방향으로 하면 프로펠러 후류가 뒤로 나아가 선박을 전진시킨다. 프로펠러 후류가 만드는 소용돌이 즉 와류를 자꾸 쳐다본다. 이것이 직업병처럼 의식하지 않아도 쳐다보게 되어있다. 참, 직업병이란···. 속도가 어느 정도 붙으니, 선박에 의한 파계가 뚜렷이 나타난다. 선박의 파계는 뒤에서 선박을 따라오는 가로 파(transverse wave)와 바깥으로 퍼져나가는 발산 파(diverging wave)로 이루어져 있다. 큰 배가 빠른 속도로 지나갈 때 이 발산 파 때문에 주변 어선이나, 레저보트가 전복되는 경우가 가끔 있다. 저 발산 파와 가로 파가 만나는 곳이 보이는가? 이 두 가지 파는 뒤로 갈수록 그 범위가 넓어지는데, 예전에는 두 가지 파의 파정선이 만나는 것으로 계산하였다가, Kelvin의 stationary phase theory가 정립된 후로 약간 비켜서 만난다는 것이 밝혀졌다. 실제로 그런가? 열심히 쳐다본다. 그런데 파계의 가장자리에서는 파고가 줄어들어 이것이 잘 보이지 않는다. 그래프상으로는 두 선이 비켜 만난다고는 알고 있지만, 현실에서 이것이 그렇다고 절대 말할 수 없다. 눈으로 보기에는 이것을 구별할 수가 없는 것이다. 이론과 현실은 다른가? 아니면 내 눈의 계측 능력의 한계인가? 계속 이것을 생각하고 뚫어지게 파도를 보고 있는 내 모습을 보고 쓴 웃음을 짓는다. 이것이 직업병의 폐해이다.

아주 예전에 남미 출장을 간 적이 있었다. 리우데자네이루는 브라질의 큰 도시인데, 이곳은 아메리카 대륙에서 국제회의를 가장 많이 한다고 알려져 있다. 선박 안전에 관한 학회가 이곳에서 있어서 출장을 다녀온 적이 있다. 남미에 가서 학회 참석이외에 한 일은 두 가지가 있었다. 도착한 날 밤에 호텔에서 세면대에 물을 받아 놓고 배수시켜서 물이 배수될 때 물이 왼쪽으로 회전하면서 빠져나가는지 오른쪽으로 회전하면 빠져나가는지 실험하였다. 남반구에서는 코리올리 힘의 방향이 반대라서 북반구에서와 반대 방향으로 돌면서 빠져나가야 한다. 그런데 세면대의 물이 너무 빨리 빠져나가 확실히 어느 쪽으로 돈다는 것을 확신할 수가 없다. 그래서 배수 탭을 조금만 열었다. 오! 오른쪽으로 도는 것 같다. 남반구니까 오른쪽으로 도는 것이 맞겠지? 그런데 몇 번을 해보는 중 왼쪽으로 도는 경우도 있었다. 이게 왜 이러지? 음 수도꼭지에서 나온 물이 세면대에 담긴 물을 약하지만 돌려준 것 같다. 다음부터는 세면대에 물을 채우고 약 5분 정도 기다렸다가 배수 탭을 조금 열어주었다. 그런데 이것으로는 회전이 한 방향으로만 나온다는 것을 확실히 알기가 어려웠다. 초기 조건에 따라 돌아가는 방향이 결정되는 것도 같았다. 안 되겠다. 욕조에 물을 받았다. 가득…. 물마개를 빼야 하는데 물을 한쪽으로 돌리지 않고 빼야 한다. 하아, 어떻게 물에 힘을 주지 않고 마개를 뽑지? 별수 없이 손을 넣어 마개를 뺐다. 조금 지나니 확실히 잘 돈다. 그런데 웬걸? 왼쪽으로 돈다. 뭐야 이거? 아마도 마개를 빼면서 왼쪽으로 돌게 물을 약간 저었나 보다. 코리올리 힘이 적어서 초기 조건이 왼쪽으로 조금이라도 있으면 영향을 받는 것이다. 이래서는 안 되지. 고무마개 한가운데에 줄을 묶는 부분이 있으니, 이곳에 실을 묶고 당기는 것이 좋을 것 같다. 실을 구해 이곳에 묶고 살며시 올렸다. 방향에 영향을 주지 않으려고 수직으로 조심히 올렸다. 이렇게 세 번을 시도하였는데, 세 번 다 오른쪽으로 돌았다. 자, 맞지? 확실히 나는 남미에 온 것이야. 여기에서 의문이 들었다. 태풍 때마다 매번 구름사진을 보면 북반구에서는 태풍 중심으로 왼쪽으로 돌면서 들어가고, 남반구에서는 오른쪽으로 돌면서 중심으로 들어가는데, 진짜 매번 이럴까? 만일 태풍이 생길 때 주변 바람의 영향으로 반대로 도는 일도 있어야 할 것 같은데… 이것 한번 찾아보아야 할 필요가 있을 것 같다.

다른 한 가지 일은 브라질 국립박물관에 가서 지구상에서 수집한 제일 큰 운석을 본 일이었다. (나중에 알아보니 제일 큰 것은 아니었다.) 브라질 국립박물관은 우범지대에 있어서 현지인들이 가지 말라고 말렸지만 그래도 보고 싶어서 갔는데, 공원 한복판에 있어 가족 단위로 놀러 온 사람들이 많아 그다지 위험해 보이지는 않았다. 그 운석은 박물관 바로 입구에 있었는데 쇠로 이루어진 돌 같아 보였다. 몇 톤이라나 잊어버렸지만, 상당히 큰 운석이었다. 이것이 떨어지면서 그 높은 열을 버티면서 지구상에 떨어졌으니, 원래는 얼마나 큰 덩치이었을까. 중력과 공기의 마찰력이 얼마나 대단한 것인가 새삼 느꼈었다. 만지면 운이 좋아진다고 하여 많은 사람이 만져서 반질반질한 곳이 곳곳에 있는 운석이었다. 나는 경외하는 마음에 만져보지도 못하고 쳐다만 보다 나왔다.

진도에는 신비의 바닷길이 있다. 강한 썰물 때 물이 많이 내려가 앞에 있는 섬까지 길이 나타나 사람들이 걸어갈 수 있다. 우리나라에 여러 곳이 있지만 이곳이 가장 유명하다. 내가 갔을 때는 강한 썰물이 아니어서 신비의 바닷길이 드러나지 않는 시기라고 하여, 그 근처에 있는 조그만 바닷길이 있는 곳으로 갔다. 점차 썰물이 되어 앞에 있는 섬에서도 바닷길이 드러나고 진도 쪽에서도 바닷길이 드러나기 시작하였다. 한참 동안 바닷길이 드러나기를 기다렸다. 점점 물이 빠지니 물이 얕아졌는데, 길의 양쪽에서 길 쪽으로 파도가 진행해 오는 것이 보인다. 왼쪽 바다에서는 오른쪽으로, 오른쪽 바다에서는 왼쪽으로 파도가 진행한다. 중간에서 두 방향의 파도가 만난다. 파도는 깊은 곳보다 얕은 곳에서 속도가 느려진다. 따라서 깊이가 점차 낮아지는 곳에서는 파도가 해안선에 평행한 방향으로 진행한다. 물론 정확히 평행은 아니지만 평행 비슷하게 진행한다. 해수욕장에 가면 파도가 해수욕장에 평행하게 들어오는 모습만 봐왔을 것이다. 그런데 이곳에서는 섬과 바닷길이 있어 길과 가까운 곳으로 올수록 깊이가 낮아지니 양쪽에서 길 쪽으로 파도가 진행하는 것이다. 양쪽에서 길 쪽으로 진행하는 파도라니! 참 재미있는 현상이다. 이것을 누가 알고 있을까 생각하면서 아는 만큼 보인다고 했는가? 또 직업병이다.

파도가 높아지기 시작하였다. 하얀 포말이 생긴다. 멀리 보이는 파도는 윗부분이 뭉개지는 spilling break을 보인다. 바람이 조금 있나 보다. 해변 모래사장 쪽을 보자. 파도가 해변에 평행하게 들어온다. 해변에 가까울수록 파정(파도의 윗부분)이 높아지면서 깨지면서 덮친다. 이때 포말이 생기며 해변 쪽으로 쭉 밀고 들어온다. plunging break이다. 또 파도의 쇄파 현상을 생각하고 있구나…. 그런데 Over turning break은 우리나라에 많이 보이지 않는다. 유명한 서퍼들이 파도타는 사진을 보면 정말 멋있다. 우리나라에서는 아주 조그마한 over turning break만 보았다. 주로 spilling break과 plunging break이다. over turning break은 바다의 깊이가 꾸준히 비슷한 경사로 넓은 영역에서 낮아지는 곳에서 주로 발생하는데, 우리나라는 이런 특성을 가진 해변이 없나 보다. 강풍경보가 내려졌을 때 바다에 가면 한없이 파도를 보고는 했다.

학교 다닐 때 교수님 한 분이 생각났다. 그 교수님은 말을 직설적으로 표현하시는 분이다. 돌려서 말하시지 않는다. 유체역학 강의 때 유체 유동의 안정성을 이야기하시면서 쉬를 할 때 세게 누면 쉬가 깨져 나오기도 하고, 약하게 눌 때는 원하는 방향으로 조준이 안 되기도 하는데, 이것들에 임계 속도가 있어서 안정, 불안정이 나오는 예가 된다고. 아직도 나는 화장실에서 열심히 쳐다보면서 힘을 주었다 뺐다 한다. 또 화장실 물 내려가는 것을 유심히 관찰하곤 한다. 다 유체역학이다. 삶의 어디에나 있다.

집으로 돌아오면서 갑자기 바람을 느껴보자는 생각을 하였다. 창을 내리고 손을 바깥으로 내밀어 손등을 위로하여 바람을 맞는다. 손의 각도를 앞 방향으로 약간 들었다. 위 방향으로 힘이 전해진다. 양력은 날개 윗부분의 압력이 많이 떨어져서 위 방향으로 힘이 나온다고 항상 배웠다. 실제 계산을 하여도 윗부분의 압력이 많이 떨어지는 결과가 나온다. 그런데 내 손으로 느끼기에는 손바닥 즉 아랫부분의 압력이 높아져서 위 방향의 힘이 발생하는 것으로 느껴진다. 모멘텀 변화를 더 느낀다. 손에 있는 신경세포의 압점들이 압력이 세질 때 더 민감하게 작용하는 것 같다. 또! 또! 시원한 바람을 느껴야지, 또 이런 쓸데없는 생각을 하고 있는 나를 발견한다. 참 나, 직업병이란….

공학과 과학

오늘은 일어나 창밖을 보니 온통 하얗다. 눈이 온 것이다. 올겨울 들어 세 번째로 눈이 왔다. 처음 두 번은 눈이 조금 내려서 지저분해지기만 하였었는데, 이번에는 많이 내려서 마당을 하얗게 덮었다. 집안은 온도조절이 자동으로 되어 항상 20도 정도가 된다. 바깥 온도는 영하 10도를 가리킨다. 토스트와 커피를 들고 창가에 앉아 눈 덮인 마당을 마주하고 자연과 대화를 나누었다. 조금 시간이 지난 후에 옷을 두툼하게 챙겨 입고 집을 나섰다. 집 앞에 주차된 트랜스 모빌 모델 A에 오른다. 차 번호는 A-3415, 색상은 Spicy Red. Roadia 3.0이 반갑게 인사를 건넨다.

오늘 눈은 참 멋있네요.

너도 멋을 아니?

아니 저를 무시하시는 거예요? 이래 봬도 저에게는 미학에 대한 회로와
알고리즘이 갖추어져 있다고요. 자료는 주인님이 놀라실 정도로 많
고요.

얘야, 자료가 많으면 장땡이냐? 감상할 수 있는 마음과 아름다움에 대한

철학이 있어야지. 아참 미학이 그건가? 에이, 그래도 아름다움이란

수많은 경험, 고민과 고뇌를 거쳐야지만 비로소 알 수 있는 거야.

예예, 알아 모시겠습니다.

어쭈구리! 흥, 무시 회로가 잘 동작하고 있네. 잘 났다.

이러는 사이 차는 평상시와 같은 속력으로 연구소로 향한다. 눈이 치워지지 않아 미끄러울 텐데, 한 번도 미끄러지지 않고 잘도 나아간다. 15년 전까지만 해도 눈이 오면 교통에 방해가 되지 않도록 눈을 치웠다. 눈이 뭉쳐지지 않은 상태에서는 넉가래로 밀어내고, 단단하게 뭉쳐져 있을 때는 불도저나 굴삭기로 눈을 긁어서 미는 방식으로, 한쪽으로 치웠다. 도로에서는 더 신경을 써야 했다. 눈이 조금 오면 주로 제설제를 뿌려 눈이 뭉치지 않고 녹게 하였으며, 많이 오면 불도저 작업과 제설제 작업이 동시에 이루어졌다. 그러다가 에너지문제가 해결된 후로는 주요 도로 중 경사가 있는 곳과 급커브 길에서는 도로에 열선을 깔아 눈을 녹이는 방법이 차츰 사용되고 있었다. 그런데 제설제 사용이 환경에 미치는 문제가 오래전부터 지속적으로 제기되어 왔고, 환경에 문제를 크게 주지 않는 제설제를 사용하다 보니, 효과가 떨어져 더 많이 사용하게 되어 결국에는 마찬가지 영향을 준다는 것이 밝혀졌다. 또한 열선을 깔아 녹이는 방법도 문제를 일으키기는 마찬가지였다. 도로에서 녹

은 물이 잘 흘러가야 하는데, 도로가 아닌 곳에서는 땅이 얼어있어서 녹은 물이 땅속으로 스며들지 못하고, 그 위로 흘러가 다시 얼어 하수의 순환이 문제가 되고, 이에 따라 도로 주변의 식물과 땅속에 있는 미생물이 영향을 받아 생태계가 바뀌는 문제가 있었다. 이것은 100년만 사는 인간의 견해에서는 아무런 문제가 되지 않는데, 기계들의 관점에서는 문제가 된다. 기계들은 지구를 수억 년 유지하려는 목표를 가지고 있어서 이 조그마한 영향력이 가지고 올 문제를 무시할 수가 없었다. 그래서 개발된 것이 눈길에 사용하는 자동차 타이어이었다. 눈길에서의 가장 큰 문제는 자동차 타이어가 눈을 내리눌러 눈이 뭉쳐진다는 것인데, 타이어에서 촉수처럼 바깥으로 미세 침(마이크로니들)이 나와 끝이 도로에 닿으면 이것이 자동차의 하중을 받치어 눈에 하중을 아주 적게 걸고, 또한 타이어의 뒷부분이 돌아 올라가면서 미세 침이 뭉쳐졌을지 모르는 눈은 다시 흩뿌려 놓아 눈이 뭉치는 현상을 최소화하는 방법이다. 개발 초기에는 타이어에 어마어마한 양의 센서를 부착하고 미세 침을 제어하여야 하였는데, 어떤 천재 같은 연구원이 타이어가 도로에 닿는 압력을 이용하여 완전히 기계적으로 작동되는 타이어를 개발하여 문제가 해결되었다. 그러나 이 타이어는 미세 침의 수명 때문에 1년에 한 번 미세 침 재생 작업을 하여야 하였다. 요즘에는 표면에 미세구멍을 내어 압력 공기 분출로 똑같은 효과를 만들어 내는 타이어도 개발되었다. 약간의 미끄러짐이 있지만 운전자는 거의 느끼지 못할 정도의 운전감을 주고 있다. 따라서 요즘에는 눈이 와도 운전에 문제가 없고, 차가 지나간 흔적은 있지만 눈이 눌려 빙판길이 되는 예는 없다. 그래도 눈이 오면 자동으로 60km/h 이하의 속력으로 운행되게 되어있다. 사무실에 도착하여 Secretariat이 오늘 할 일들을 알려주는 것을 듣는다. 오늘은 특별히 다른 일들은 없다.

오전 내내 가속도 충격 응답 함수에 대한 식을 정리하면 보냈다. 이 작업은 주로 노트에 직접 식을 정리하거나, 아니면 아무런 연결 장치가 없는 휴대용 컴퓨터에서 한다. 이렇게 하는 이유는 가속도 충격 응답 함수라는 것이 잘 받아들여지지 않는 개념이라서 다른 연구자들이 보면 허황한 일을 하고 있다고 생각할 수도 있고, 나 자신도 확신이 없고, 이것이 진짜로 말도 되지 않는 연구인데 나중에 창피한 일을 당할 수가 있어서 아무도 모르게 하려고 하는 이유이다. 이 연구를 하게 된 이유는 문서보관소에서 본 어떤 선배가 쓴 노트 때문이었다. 이 선배는 이것을 끝까지 정리하지 않고 중간 과정까지만 정리하였다. 그 이유는 밝히지 않았다. 내용은 대충 이랬다. 동역학을 다루는 데는 시간영역에서 다루거나 주파수 영역에서 다루는 것이 통상적이다. 시간영역 해석이라는 것은 시스템 변수의 시간 변화율을 구하고 이것의 시간 적분을 통하여 시스템의 거동을 해석하는 것이다. 이것은 Newton의 제2 운동 법칙을 그대로 이용하는 것이다. 주파수 영역 해석이라는 것은 시스템 변수가 진동하고 있고, 이에 따르는 모든 거동이 같은 주파수로 진동하고 있다는 가정을 통하여 시스템을 해석하는 것이다. 이 방법을 사용하면 미분방정식이 대수방정식으로 바뀌어 문제를 쉽게 풀 수 있는 장점이 있다. 시간영역의 거동과 주파수 영역의 거동은 푸리에 변환(Fourier Transform)을 이용하여 서로 연관 지을 수 있다. 즉 주파수 영역에서의 해석 결과를 푸리에 변환하면 시간영역 해석 결과를 얻을 수가 있다. 그런데, 조건이 있다. 주파수 영역의 해석 결과가 높은 주파수에서 0으로 접근하여야 한다는 것이다. 선배가 다룬 문제는 원통 안에 있는 유체의 유동에 관한 문제였는데, 원통이 움직이면 점성의 영향으로 원통 내 유동 에너지가 증가하여, 주파수 영역에서 문제를 풀면 높은 주파수에서 해석 결과가 0이 되는 것이 아니라 주파수에 따라 커진다는 문제를 가지고 있다. 즉 통상적인 푸리에 변환이 불가능하다는 것이다. 이를 해결하는 방법으로, 통상적으로 사용하는 속도에 대한 충격 응답 함수를 사용하지 않고, 가속도에 대한 충격 응답 함수를 제시하고 이를 이용하여 문제를 해결하려고 하였다. 일견 잘될 것으로 보이는 이 문제는 하나의 문제를 가지고 있었다. 원통의 움직임을 주고 유체 유동을 계산하는 데는 아무런 문제 없이 활용될 수 있지만, 원통의 움직임을 풀기 위하여 운동방정식을 세울 때는 문제가 발생한다. 가속도를 알아내는 운동방정식의 입력에 가속도의 시간 이력이 있기 때문이다. 쉽게 말로 표현하면, 현재의 가속도까지 알아야지 현재의 가속도를 계산할 수 있다는 것이다. 이것은 미분방정식의 최고차 항에 곱해져 있는 계수는 상수이어야 되는데 이 계수의 일부분이 변수가 되는 것과 같다. 이러면 통상적인 방법으로는 해를 구할 수가 없게 된다. 아마도 선배는 이 문제 때문에 중간 과정까지만 정리하고 더 이상 진행을 하지 못하였을 것이다. 재미있다. 내가 한번 해보자. 아직도 식을 정리하는 중이다. 아직 해결의 끝은 보이지 않지만, 미지의 세계를 탐험하는 기분이 들어 재미있기도 하다.

점심을 먹고, 일상적으로 하는 것처럼 뒷산에 올라갔다. 올라가는데 숨이 벅차다. 내가 요즘 살이 쪘나? 체력이 달리나? 신경 써야겠다. 오늘은 눈이 많이 쌓여서 중간까지 밖에 올라가지 못한다. 설경! 눈이 쌓인 나무는 나한테 여러 가지 감상을 전해준다. 낙우송 계열의 나무는 위로 뾰족한 삼각형이라서 눈이 전체 나무에 골고루 쌓여있다. 눈이 쌓인 나무는 멀리서 보는 것이 제일 멋있다. 숲속에서는 그다지 멋있지 않다. 상고대는 멀리서도 가까이서도 멋있는데 말이다. 꼭대기에 올라가지 못하니 중간에 큰 나무 밑에 눈이 쌓여 있지 않은 곳에서 니코치리노노아를 했다. 보통 때 여기는 다니는 사람들이 있어서 함부로 할 수는 없는 곳인데, 오늘은 눈이 와서 다니는 사람이 없어 괜찮다.

사무실에 내려오니, Secretariat이 전화 한 통 왔었다고 알려준다. 이○우? 걔가 웬일? 이○우는 연구소에 들어온 지 2년밖에 되지 않은 20대 말의 풋풋한 청년이다. 개인적으로는 알지 못하고, 하는 일이 무엇인지만 알고 있다. 그 친구가 하는 일은 점성의 성질을 연구하는 것으로 알고 있다. 점성이란 간단하게 말하면 유체의 끈적끈적한 성질을 말한다. 모든 유체는 점성을 가지고 있다. 점성의 크기가 다를 뿐이지. 점성이란 성질은 인간들이 태곳적부터 알고 있었을 것이다. 이것을 체계적으로 정리한 사람은 뉴턴이란 천재 과학자이었다. 뉴턴은 모든 사람이 알고 있듯이 만유인력을 발견하고 운동 법칙을 세운 사람인데, 이 사람은 학구열이 대단하였던 모양이다. 점성에 관해 연구도 하고 광학에 관해 연구도 하였다. 점성의 영향을 아주 간단하게 표현하고 이 법칙(Newtonian law of viscosity)을 따르는 유체를 Newtonian Fluid라고 한다. 물이 대표적인 Newtonian Fluid이다. 이후 역학이 발달하고 이 발달한 역학의 힘을 입어 유체역학도 같이 발전하게 되었다. 이러한 역학 체계를 고전 역학(Classical Mechanics)이라고 한다. 이 역학 체계는 미시세계 또는 우주와 같은 거시 세계의 일부분을 제외하고는 대부분 성공적으로 적용된다. 이○우에게 전화를 걸었다. 그 친구가 하는 말은 연구소 생활에 대하여 상담을 받고 싶다는 것이었다. 오늘은 시간이 넉넉하니 언제라도 내 방에 들르라고 하였다.

오 분 후 이〇우가 내 방으로 왔다. 머리를 깔끔하게 빗어 넘긴 말쑥한 젊은이였다. 나 같은 사람에게 무슨 상담이냐고 물으니, 아니라고 훌륭한 선배라고 말하면서 다음과 같이 말을 이어갔다.

선생님, 선생님이라고 불러도 되지요?

그래. 뭐라고 부르는 것은 아무런 문제가 되지 않아.

제가 하는 일이 점성에 관련된 일인데요. 그중에 안정성에 관한 일이에요. 경계층 안정성에 대해 아시리라 생각해요. 그것과 비슷한 것인데, 점성에 의하여 유체에 가해지는 에너지가 일정 한도를 넘어가면 불안정하게 되어 유동이 급격하게 변하고 이것을 제어하기가 어렵거든요. 저는 어떠할 때 유동이 불안정성을 나타내는지에 대한 일을 하고 있습니다.

음 그래. 어려운 것을 하고 있구먼.

에이 그렇지는 않고요. 앞에 선배들이 힘들여 닦아 놓은 길을 편안하게 가고 있는 것 같아요.

그래? 그러면 잘 가면 되겠네. 그런데 뭔 일이 있었어?

그게, 제가 요즘 고민이 생겨서요. 내가 하는 일과 방향이 맞는지 확신이 서지 않아서요.

하는 일? 방향? 왜? 중요한 것을 하고 있다고 생각되는데….

저도 중요한 일을 하고 있다고는 생각해요. 그런데 제가 하는 일의 성격이 문제인데요. 저는 공학을 하는 사람인데, 지금 제가 하는 일이 공학인가? 하는 의문이 생기거든요. 공학은 기술을 적용하여 세상일, 기계들에 관여하여야 하는데 실제 적용되지 못하는 것을 하고 있다는 생각이 들어요. 어떨 때는 수학식만 가지고 몇 개월 헤매고, 또 어떨 때는 컴퓨터 코드만 바라보고 일을 하고 있어요. 널리 사용되는 전산유체역학 코드가 점성의 안정성을 아직 해결해 주지 못하고 있거든요. 그리고 제가 참조하는 교과서나 책들은 전부 수학자나 천재 과학자들이 써 놓은 것들이거든요. 이게 수학을 하는 건지, 과학을 하는 건지, 아무튼 내가 이러다가는 헤매기만 하고 앞으로 나아가질 못할 것 같아요.

적용? 맞아! 그런 고민을 하고 있어야지. 자네가 하는 일이 어디에 쓰이고 있는지, 아니면 향후 어디에 쓰일 것인지를 알고 일을 하면 좋겠지. 어디에 쓰이나?

바로 떠오르지 않는다. 잘 설명을 해주면 좋겠는데, 이놈의 머리가 빨리 안 돌아가네. 예전 일이 떠올랐다. 수학을 배울 때의 일이었다. 이것을 설명하면 이 젊은이가 알아들을 수가 있을까? 하는 생각이 들었지만, 딱히 해줄 말이 생각이 나지 않아 말을 꺼냈다.

내가 예전에 수학을 공부할 때인데, 혹시 Distribution Theory라고 아는가? 수학 교수에게 배웠는데, Compact Space, Test Function, 등등 못 들어본 개념들을 열심히 설명하셨거든. 뭐 무한 번 미분이 가능한 함수, 무한 번 미분이 가능한 영역, 적분이 가능한 영역이라나. 지금은 잘 생각나지 않는데, 좌우간 형이상학적인 개념과 설명이었지. 그러니 학생들이 이것을 어떻게 이해할 수 있겠어. 그런데 나는 그전에 Laplace 방정식의 해를 Green's 2nd Identity를 이용한 Boundary Integral Method로 푸는 방법을 알고 있었거든. 선박의 주위에 물이 있으니까, 선박이 움직이려고 하면 주위의 유체를 가속해야 하는데, 얼마만큼의 유체를 가속하는지 계산하여야 하거든, 이것이 부가질량(Added Mass)인데 이것을 계산하는 Boundary Integral Method를 공부해서 그것으로 프로그램도 만들어서 계산도 하고 있었거든. 가만히 들어보니까, 내가 하는 것과 똑같은 거야. 아하! 지금 공학계열에서 하는 것을 수학자들이 일반화하는 것이구나, 지금 활용되고 있는, 비슷한 여러 방법에 대한 수학적 토대를 마련해주는 것이구나, 라고 생각하게 되었지.

저도 부가질량을 계산하는 방법은 알고 있습니다. 프로그램도 해보았고요. Distribution Theory는 잘 모르지만요.

그래? 그럼, 자네는 Distribution Theory의 적용에 관한 것은 알고 있는 거야. 다만 Theory에 대한 수학적 설명을 못 들은 것일 뿐이지. 수학자들은 일반화, 추상화를 업으로 하고 있는데, 간결하고 절대적인 것을 추구하고 있어서 다른 분야의 사람들이 어렵게 느껴질 수밖에 없지. 수학은 철학과 비슷해. 이런 말 들어본 적 있을 거야. '나는 생각한다. 고로 나는 존재한다. (COGITO, ERGO SUM)' 이 명제는 무척이

나 유명한데, 이것의 의미를 이해하는 사람들은 그렇게 많지 않지. 중세 철학자인 오컴 출신 윌리엄이라는 사람의 '오컴의 면도날'이 영향을 미쳐 데카르트가 남긴 유명한 명제지. 절대적으로 참인 명제를 찾고 또 찾아 그렇게 결론을 내린 거지. 이것을 이해하기 위해서는 철학하는 사람들에게 한참 동안 설명을 들어야 해. 그런데 여기에서 중요한 것은 '오컴의 면도날'이야, 이게 뭐냐면, 나도 정통한 것은 아닌데, 불필요한 것들은 면도날로 다 잘라버린다는 것이지. 그래서 꼭 필요한 것과 어쩔 수 없이 참인 것들만 남기라는 것이지. 그러면 아주 간단한 명제만 남게 되고, 그것을 깊이 사고하라는 것이지. 간결함의 미학! 철학 하는 사람들이 추구하는 것이란 말이야. 수학자들도 마찬가지야. 절대적으로 참일 수밖에 없는 가정과 정리(theorem)를 이용하여 가설(hypothesis)을 세우고, 이것이 성립하는 것을 증명하면 이론(theory)이 되는 것이지. 이때 불필요한 것들을 하나도 쓰지 않아. 간결함의 미학을 추구하고 있다는 말이야. 그래서 수학이 어렵게 느껴지게 되는 거야. 이것은 어쩔 수가 없어. 그런데 여기에서 한 번 생각해야 할 것은 가설(hypothesis)을 어떤 것들을 만드느냐, 또는 왜 그런 가설을 생각하게 되었느냐지.

여기까지 말하였는데, 이 젊은이는 집중력을 잃지 않고 있었다. 다행이다. 보통 이 정도 이야기하면 지루해들 하는데. 그런데 이렇게 이야기하는 것이 맞는 것일까? 아닌 것 같다. 조금 더 쉽게 받아들이게끔 이야기하여야 할 것 같았다.

내가 지금까지 한 말들은 상황에 적합지 않은 이야기를 한 것 같네. 조금 더 적절하게 이야기하는 것이 좋을 것 같구먼. 아주 예전에는 과학자, 기술자, 수학자의 구분이 없었을 거야. 물론 자기 분야라는 것은 있었겠지만. 그리스 시대 유명한 학자들은 거의 모든 것을 할 수 있었지. 자연과학에 구분이 없이 두루두루 모든 것에 대한 이해와 호기심이 있었을 테니까. 자연과학의 천재는 분야를 구분함 없이 모두 다 잘할 수 있었을 테지. 이때의 대학자들은 전쟁 무기 설계와 개발을 하면서 이름을 날렸을 것이네. 기술자들인 거지. 그러면서 풍족해진 돈으로 제자들을 키우는 학당도 만들어지게 된 거지. 그리스 시대의 유명한 학파들 자네도 알고 있을 거야. 그중 피타고라스학파는 특이하게도 음악의 기틀을 세우는 연구도 하였지. 지금도 피타고라스 음계를 사용하는 것을 자네는 아는가? 이 학파는 어울리는 음들을 나열하면서 유리수(자연수를 이용한 분수로 표현되는 수)로 음계를 표현하였어. 도하고 솔은 주파수가 3/2배가 되고 제일 잘 어울리는 쌍이야. 참 대단한 사람들이야. 다른 분야들도 학문이 발전되면서 너무나 많은 것에 관한 연구가 이루어져 알아야 할 내용이 너무나 많아져서 아무리 천재라 해도 이 모든 것을 습득하기에 시간이 모자라 모든 분야를 아우르는 천재가 만들어지기가 점차 어려워질 수밖에 없었을 거야. 이런 유형의 마지막 천재를 이야기 좋아하는 사람들이 앙리 푸앵카레(Henri

Poincare)라고들 하지. 찾아보면 여러 학문 분야에서 이 이름이 나올 거야. 예전에는 그랬을 거지만, 그 이후에는 자기 분야들에 대해서만 열심히 해도 시간이 모자라 다른 분야까지 섭렵하지는 않지. 물론 여러 분야를 다루는 사람들이 있기는 하지. 자네가 그러고 싶은 것은 아닌가?

에이, 아니에요. 제가 무슨. 눈 감고 헤매고 있는 어린애예요.

모르지. 젊은 사람들은 시간이 지나 어떤 사람이 될지 모르지. 지금은 기계들이 전부 하는 것처럼 보여도 기계들의 한계가 있고, 참신한 발상을 하는 것은 아무래도 인간들이니까. 결국 인간들이 돌파구를 만들어 주게 될 거야. 자네도 미리 결정하여 한 곳만 할 필요는 없다고 보네. 기술이든, 과학이든, 수학이든 가리지 말고 관심을 가지는 것이 좋을 것 같아, 아직은.

언제쯤 제가 나의 길을 정할 수 있을까요?

꼭 빨리 정해야 하나? 나도 아직 나의 길을 잘 모르는데? 그런 것들은 나중에 어느 정도 알고 있다고 자네가 판단될 때가 오면 그때도 늦지 않아.

그래요? 제가 지금 조바심이 있는 건가요?

그건 아니고, 자네가 고민하고 있다는 것은 그만큼 진지하게 자네가 해야 할 일을 생각하고 있다고 보는데? 내가 보기에는 아주 좋은 일로 보이고. 그리고 지금은 기계가 가지고 있는 자료가 방대하고, 그것들을 아주 잘 이용하고 있으니까, 분야를 나눌 필요가 없어졌지. 30년 전쯤에 '지금은 통섭의 시대'란 말이 유행하였었지. 지금도 마찬가지야. 비슷한 분야를 접합하여 학문이나 자연을 보는 새로운 눈을 만들어 가고 있는데, 아주 다른 분야를 접합하면 더 넓은 통찰의 눈을 가질 수 있을걸? 과거에 학습하여야 할 양이 너무 많아 인간들이 자기들이 감당할 수 있을 만큼 분야를 세분화한 것에 불과하고, 또한 인간들의 사유에는 비슷한 것들이 많을 수밖에 없어서, 모든 분야가 다루는 대상과 용어가 다를 뿐 모두 비슷하거든.

그럴까요? 저는 잘 모르겠어요.

자네 Art라는 말을 아는가?

그거 예술 아니에요?

예술이 아니라 기술이라는 말이 더 많이 사용되는데? 'Art of Love'라는 영어는 '사랑의 기술'이라고 번역할걸? 논문에 통상적으로 들어가는 절이 'State of the art'라는 것이 있지. 과학기술 논문에 왜 예술이 들어가겠나? 기술이지. 보통 기술이라는 말은 technology라는 용어를 사용하지. 이 기술이 수준 이상의 경지에 다다르면 그때부터는 'art'라고 표현한다네. 아주 수준 높은 기술이라는 것이지. 그림이나 음악을 하는 것도 잘하는 정도이면 '기술'인 것이고, 경지에 다다르면 예술 즉, '수준 높은 기술'인 것이지. 그래서 논문에서 사용하는 'state of the art'는 논문에서 다루고자 하는 기술의 현 최고 수준이 어떠한가를 실명하는 것이네. Art를 하는 경지에 다다르면 다른 분야도 쉽게 보일 거야. 즉 통찰력이 생길 수 있을 거야. 나는 아직

art 수준에 못 올라간 것 같다네.

에이, 선생님은 충분히 art를 하고 계신 것 같은데요?

그렇게 봐주면 고맙고. 그리고 기술이 과학보다 수준이 높지 않다고 생
각할 필요는 없네. 항상, 아니 항상이라는 말은 조금 과장되었지만, 기
술이 앞서 나가고 과학은 그것들을 설명하는 방식이라, 과학은 완성
도가 높고 기술은 진취적이라고 나는 생각하네. 옛날에 저명한 사람,
자네도 아마 알고 있는 von Karman이라는 학자가 한 유명한 말이
있지.

Scientists study the world as it is; Engineers create the world
that has never been. - Theodore von Kármán -

과학과 기술을 아주 함축적으로 설명한 말인 것 같다네. 과학자들은 동
의하지 않을지 모르겠지만.

이런저런 이야기를 하면서 내 생각을 정리할 소중한 시간이 지
나갔다. 이 친구 이○우도 소중한 시간이 되었으면 좋겠다. 수학에
대하여서는 내가 설명하는 것보다 중급공동위원회에서 인연이 되
어 얼마 전에 우리 연구소로 온, 수학자와 같이 이야기하는 것이
좋을 듯하여, 수학자에게 전화하여 일주일 후 이 친구와 같이 이야
기하는 자리를 만들었다. 이 젊은 친구를 보내고, 가만히 생각해

보니, 저런 열정이 있었을 때가 언제이었던가 하는 생각이 들었다. 새로운 이론을 이해하고 희열에 넘쳐서 피곤한 것도 모르고 날뛰던 때가 30대가 마지막이었던가? 그나저나 뇌파 분석시스템이 우리의 생각을 읽었을 것인데, 문제가 안 되나 몰라. 창의적인 내용이라 문제가 되지는 않겠지? 그래도 혹시 모르는데, 그렇지만 우리 연구소는 자율이 보장된 연구소라서 어떤 것을 연구하여도 되니까, 연구자의 심리 또는 자세에 관하여 대화를 나누었다고 하면 될 거야. 이런저런 생각을 하면서 내가 기계의 눈치를 보고 있구나 하는 생각이 들어 씁쓸한 생각이 들기도 하고, 오랜만에 재미있는 대화를 해놓고 쓸데없는 데 생각이 미쳤구나 하는 생각이 들어 실소가 나왔다. 일주일 후의 만남이 기대되기도 하였다.

연구소에는 나지막한 산이 있고, 나무가 많이 심겨 있다. 그중 겨울눈에 어울리는 나무는 침엽수이다. 낙우송이나 메타세쿼이아는 겨울에 잎이 떨어지기 때문에 운치가 없다. 연구소에 심겨 있는 침엽수는 소나무, 향나무, 측백나무, 잣나무, 전나무, 편백 등이 있는데, 그중 눈이 쌓였을 때 가장 이쁜 나무는 뭐니 해도 편백이다. 편백은 운동장에서 조금 위에 두 면에 걸쳐서 심겨 있다. 눈이 쌓이면 삼각형 모양이 더욱더 드러나 겨울의 운치를 조용히 발산한다. 이 나무는 침엽수라서 소나무로 생각하는 사람도 많다. 우리 연구소 운동장 주변은 약간 특색있게 나무를 심어 놓았다. 두 면에 걸쳐서 편백이 심겨 있고, 편백이 있는 두 면 중 한 면에는 왕벚나무가 줄지어 심겨 있고, 반대편에는 신나무와 홍단풍의 단풍나무계열이 심겨 있으며 길에 붙어있는 한쪽 면에는 잣나무가 심겨 있다. 이 잣나무는 축구하다가 공이 길로 떨어지는 것을 막는 용도로 심어 놓은 것이다. 그렇게 이쁘지는 않다. 이렇게 되니 봄에는 왕벚꽃이 멋있고, 여름에는 푸르름이 멋있고, 가을에는 단풍이 멋있고, 겨울에는 눈 쌓인 편백이 있어서 좋다. 이런 것들이 멋있게 보이려면 나이를 먹어야 한다. 젊은 사람들은 이것들을 깨닫지 못하고, 한해 한해 나이를 먹으면서 첨단 건물에서 자연의 풍경으로 눈이 가게 되어있다. 나도 나이를 먹었구나. 또한 연구소에는 낙우송이 줄지어 심겨 있는 길이 있다. 낙우송과 메타세쿼이아는 사촌 관계 정도라서 일반인들은 구별하지 못한다. 잎이 나는데 마주 보고 나는 것과 번갈아 나는 것이 차이이고 나머지는 동일하다니. 이 길도 유명한 메타세쿼이아 길 못지않게 좋다. 초겨울에 잎이 너무 많이 떨어져 차에 많이 묻어서 탈이지. 그래도 연구소 출입구에 압축공기로 차를 훑고 흡입하는 장비를 설치하여 외부로 나갈 때 깨끗한 상태로 나가니 문제는 없다.

오늘은 일찍 퇴근하여 드라이브하였다. 눈길이 아주 멋있는 계룡산 자락을 돌아 금강 변 쉼터에서 하얗게 눈이 뒤덮인 강변을 보면서 한참 시간을 보냈다. 참, 눈의 결정이 6각형이라며? 왜 6각형일까? 6이 완전수라서 그럴까? Roadia 3.0에게 물어보았다.

얘, 눈의 결정이 6각형인 이유를 아니?

에이, 그것도 몰라요? 완전수를 생각하셨죠?

아니 그게 아니라, 옛날에는 알았었는데, 잠시 생각이 안 나서.

바닥에 타일을 깐다고 생각해 보세요. 3각형은 빈 곳 없이 깔 수 있죠?
4각형도 가능하구요. 5각형은 안 돼요. 타일을 깔려면 꼭짓점끼리 만
나야 하는데 빈 곳이 없어지려면 360도를 정수로 나눈 값과 다각형
의 내각이 같아야 돼요. 1, 2로 나누는 것은 의미가 없으니, 3부터 시
작하면, 360도를 3으로 나누면 120도, 정 6각형의 내각이 돼서 가
능하고, 4로 나누면 90도가 되어 정 4각형이 가능하고, 5로 나누면
72도인데 내각이 그런 정다각형은 없고, 6으로 나누면 60도가 되는
데 정 3각형의 내각이 되지요. 6보다 큰 정수로 나누면 60도보다 작
아지는데, 이런 정다각형은 없어요. 그래서 가장 큰 다각형은 정 6각
형이고, 면적이 제일 넓어 자연적으로 만들어지는 거예요.

야, 너 또 나를 놀리는 거지?

진짜라니까요.

장난하지 말고, 예전에 분자구조가 어쩌구라는 것으로 기억하는데.

아하! 분자구조! 물의 분자는 산소 원자 1개와 수소 원자 2개가 붙어있
는 것이지요. 그런데 전자 공유와 전기 극성 때문에 산소를 중심으로
수소 원자의 사잇각이 120도가 돼요. 120도는 6각형의 내각이고요.

그래서 6각형이 되는 것일걸요?

그런가? 그런데 타일 까는 것과 무슨 상관이래?

빈 곳이 없어지려면 6각형이 되어야 한다니까요.

그런데 그것은 평면일 때만이잖아. 왜 3차원적으로 눈이 생기지 않지?
그러면 꼭 6각형일 필요는 없는데.

저에게 입력된 자료는 그런 분자 구조학이나 결정 구조학은 없어요. 중
앙자료분석센터에 접속하여 자료를 받아올까요?

아니야. 그럴 필요는 없어. 못 푼 문제도 있어야지 인생이 재미있는 거거
든. 왜 눈이 결정이 납작한지 자연의 오묘함으로 남겨두겠어.

남겨두면 답답하지 않아요?

아니, 너무 깔끔하게 해결되면 재미가 없어. 빈 곳과 지저분한 곳이 있는
것도 전체의 완성도 면에서 더 좋을 것 같아. 이제 집으로 가자. 내가
운전한다.

집으로 돌아오는 길은 내가 운전하였다. 아무리 타이어가 좋아
도 눈길에서는 조금 밀리게 된다. 100km/h 기준으로 급브레이크
를 사용하였을 때, 즉 ABS 작동 시에 약 20% 더 밀리는 것으로
알려져 있다. 과격하게 운전하지 않으면 눈길인지 잘 모르는 정도
이다. 다만 한 가지 옆 방향 가속을 받을 때는 밀리는 것을 잘 잡
아주지는 못한다. 급선회하면 뒷바퀴가 옆으로 미끄러지는데, 운
전대를 앞으로 하면 다시 안정되게 진행하거나 정거한다. 이게 참

재미있는 현상이다. 운전대를 한쪽으로 꺾고 차가 선회를 시작하면 조금 뒤부터 뒷바퀴가 옆으로 미끄러진다. 원하는 방향이 되면 운전대를 앞으로 하여 선회를 빠르게 할 수 있다. 예전에는 자동제어가 안 되는 차량을 가지고 드리프트나 스핀턴을 할 수 있었는데, 요즘 차들은 이것이 거의 되지 않는다. 요즘 차는 안전에 관한 자동제어가 너무나 잘 되어있어서, 한쪽 바퀴가 헛돌면 이것을 감지하고 다른 쪽 바퀴에 전달되는 토크를 아주 적절히 줄여서 헛도는 것을 잡아주기 때문에 바퀴의 전진 방향으로 미끄러지게 할 수가 없다. 옆 방향으로 미끄러지게 하여야 드리프트를 할 수 있다. 이게 정교한 기술을 필요로 한다. 운전대를 꺾고 아주 조금 있다가 차량이 충분히 돌아가는 것을 느낀 후 브레이킹을 세게 하고 다시 액셀러레이터를 적당히 밟아야 이것이 된다. 눈이 없는 길에서는 안 되고 눈길이어야만 이것이 되기 때문에 평소 연습을 할 수 없다. 따라서 이런 날 충분히 재미있게 느껴야만 한다. 물론 Roadia 3.0의 경고와 잔소리를 계속 들어야 하는 것은 어쩔 수 없다. 그래도 나는 수동면허가 있어서 Roadia 3.0이 제어권을 쉽게 가져가지는 않고, 아주 위험한 상황이 아니면 그냥 즐기도록 놔둔다. 마지막으로 공터에서 720도 회전을 하고 집으로 돌아갔다.

일주일 후, 오늘은 이○우와 수학자와 같이 만나는 날이다. 아침을 간단하게 먹고, 창밖을 보니 전에 내렸던 눈이 다 녹지 않고 군

데군데 남아있다. 음악을 틀고 토스트와 커피를 내려 창 앞에 앉았다. 스피커를 통해 나오는 음악은 아날로그 감성이 물씬 풍기는 음악이다. 약 20년 전부터 인공지능이 만드는 음악도 정식 음악 장르로 분류가 되어 많은 음원이 만들어져 있다. 대부분 상황에 맞는 음악들을 만들어 낸다. 예를 들어 위로가 필요한 때 듣는 음악, 울고 싶을 때 듣는 음악, 차분하게 만들어 주는 음악 등이다. 이런 음악들이 대세가 되었던 때도 있었지만 비슷한 분위기의 깔끔한 음악들이어서 오래 듣고 있으면 무엇인가 허전함을 느끼게 된다. 인간들이 예전에 만든 음악들은 기술적으로 보면 완성도가 떨어지는 것 같고 거친 표현이 있고, 부족한 부분이 있다고는 하지만 훨씬 감정에 더 다가온다. 어떤 것이 더 완성작일까? 기술적으로 약간 미완성적인 요소도 포함하는 것이 더 풍부한 것 아닌가? 미완성이 완성? 참, 말이 이상하다. 언어로는 표현하지 못하는 것들이 많구나 하는 생각을 하였다. 옷을 두툼하게 챙겨 입고 집을 나섰다. 집 앞에 주차된 트랜스 모빌 모델 A에 오른다. 차 번호는 A-3415, 색상은 Spicy Red. Roadia 3.0이 반갑게 인사를 건넨다.

오늘은 표정이 좋아 보여요.

어? 그래? 너의 목소리도 오늘은 상쾌하게 들린다.

도로에 눈 녹은 곳이 많아서, 아직은 도로가 지저분해요.

그러게 말이다. 도로 밑에 물기를 빨아들이는 장치를 달아 깨끗하게 하면 될 텐데 말이다. 뭐 하나 몰라.

자연을 보호해야 한다는 사실을 모르세요? 가능한 한 인공적인 것을 제
거하기로 사회적 합의가 성립되었잖아요. 크게 문제가 되지 않으면
그냥 놔두는 것이 좋은 방법이라고 생각하지 않으세요?

그거야 그렇지. 너는 내가 무슨 말을 못 하게 하니? 그런 방법도 있다는
이야기지. 가끔 내 말에 동조도 해주고 그래라.

음. 맞아요. 깨끗하게 치우는 게 세차도 하지 않고 더 자연 친화적인 것
을 모르나 봐요. 그렇죠?

아이구, 엎드려 절 받았네.

사무실에 도착하여 Secretariat이 오늘 일정에 대하여 설명하는
것을 듣는다. 특별한 일은 없고, 10시 30분에 이○우와 수학자와
미팅이 잡혀 있는 것을 알려준다. 그동안 나는 수학자와 만나서 젊
은이에게 어떻게 이야기해야 하는지 논의하였었는데, 결론은 되도
록 혹시 굳어져 있을지도 모를 우리의 생각을 너무 강요하지 않는
것이 좋겠다는 것이었다. 10시 20분이 되어 사무실 앞 작은 회의실
에 커피 한 잔을 들고 가 있었다. 25분경, 이○우가 와서 혹시 커피
가 필요하면 내려준다고 하니 자기 커피는 가져왔다고 한다. 조금
후 수학자가 와서 커피를 내려주고 다 같이 회의 탁자에 앉았다.

이○우 씨, 그동안 잘 지냈나?

예. 잘 지내기는 했는데, 그동안 감기에 걸려서 조금 고생했어요.

아! 자네는 자연주의자인가?

예. 그냥 온몸으로 버팁니다.

약 10년 전부터 일어난 운동, 자연주의자! 인간의 몸으로 버텨보자는, 그래서 면역도 키우고 건강한 몸과 정신을 만들자는 운동이다. 이 사람들은 죽을 만큼 힘들지 않으면 일절 약을 투여하지 않는다. 물론 무모하지는 않다. 상태를 보아가면서 최대한 약을 먹지 않는 것이다. 이 운동이 시작되게 된 이유는, 세상이 발전하여 너무나도 위생적인 생활이 되면서 인간의 몸 자체가 방어력이 없어지는 상태가 되어 예전 같으면 간단하게 넘어가는 감기, 알레르기 등에 인간이 고생하고 심하면 사망에 이르게 되는 문제가 생겼다. 물론 이것들을 치료하는 좋은 약들도 나와 있지만, 예방한다고 방지제(결국에는 살균제) 등을 너무 많이 뿌려대는 바람에 인간뿐만 아니라, 식료품에도 이 방지제 성분이 잔류하고, 또한 이것 때문에 알레르기가 점점 더 심해지는 문제가 있었다. 하여서 건강한 몸이 되기 위해서는 심하지 않게 모든 균을 접해보고 이에 대한 저항력을 키워야 한다는 운동, 즉 자연주의가 출현하게 되었다. 몸이 건강한 젊은이들은 이 운동에 다들 관심이 있고, 실천하는 인간들이 점차 많아지고 있다.

힘들지는 않았어?

예. 열이 하루 정도만 나고, 기침을 이틀 정도 했어요. 몸이 아직 정상은
아닌 것 같지만, 크게 문제는 없어요.

젊음이 좋긴 하구먼. 나 같은 나이에는 무리이겠지?

아녜요. 조금씩 조금씩 자연 상태로 가는 운동 방법도 있어요. 평상시에
쓰던 약들은 반씩 또 반씩 줄여가는 방법으로 효과는 보는 인간들도
많아요.

그래? 진지하게 한 번 생각해 보아야 할 문젤세.

한번 시도를 해보세요.

오늘은 수학자를 모셨지. 과학과 수학에 관한 이야기를 해야 해서. 우선
내가 공학자가 보는 수학에 관하여 이야기를 시작하지. 수학자분은
내 이야기를 편견 없이 들어주셨으면 합니다.

공학자가 보는 수학이라! 저한테는 신선하게 다가오겠는데요.

보통 인간들이 생각하는 수학은 계산과 이상한 식들이지. 그게 맞을 수
도 있어. 그러나 엄밀하게 말하면 계산은 수학의 하위개념으로 수학
과는 다르다고 생각하네. 수학자가 계산을 더 잘하는가? 아니지, 공
학자들이 계산을 더 잘한다네. 그래서 계산을 수학에서 제거하고 이
야기하는 것이 좋겠네. 수학에는 Calculus라는 분야가 있는데, 이것
은 방정식과 미적분까지를 포함하는 개념인데, 공학자들이 많이 이용
하는 수학이라네. 사회학에서는 통계를 많이 사용하지. 이것도 계산

과 마찬가지 개념이라서 아주 예전에는 계산통계학을 수학과 분리하여 생각했던 적도 있었지. 그 외에는 수론(수의 체계), 기하, 해석학 등이 있겠지. 해석학은 고급 Calculus라고 생각하면 되네. 아주 예전 즉 중세 시대까지는 계산법과 기하 두 가지가 수학이었는데, 데카르트라는 양반이 좌표계를 이용하여 공간을 표현하는 방법을 제시하였다네. 그 이후 기하를 식으로 표현할 수 있게 되었지. 갑자기 두 방법이 통합되면서 비약적인 발전을 하였다네. 수학의 꽃이 핀 거지. 식을 이용한 기하인 해석기하가 만들어졌지. 이것의 형이상학적인 분야가 위상수학이지. 위상수학은 기하만을 다루지 않고, 모든 영역의 집합 구분 및 논리에 이용되고 있는 것으로 알고 있네. 대충 내가 알고 있는 수학은 이런 것들이야.

대체로 맞아요. 그러나 나 같은 수학자가 생각하는 진짜 수학은 논리 체계예요. 절대적으로 참일 수밖에 없는 논리를 추구하지요. 대상은 중요하지 않아요. 계산과 식들은 그것을 달성하는 부수적인 것이지요. 또한 꼭 적용을 염두에 두지 않아요. 순수한 학문이지요. 그래서 이것을 자연과학의 분류에 넣어 두는 것에 불만이 좀 있었어요. 자연과학이 아니에요. 순수 학문이지. 철학과 비슷하다고 보면 돼요. 물론 계산도 잘하고 식도 잘 다룰 수는 있지만.

아니, 공학자가 계산을 더 잘한다고 하지 않으셨어요?

맞아. 공학자가 계산을 더 잘하지. 수학자는 일종의 알고리즘을 설계하지. 아닌가? 계산통계학자인가.

계산은 별거 아니죠. 계산기만 두드리면 된다구요.

이런저런 이야기가 나왔다. 젊은이가 잘 이해했으면, 또한 도움이 되었으면 했는데, 정신 사납게 만들었는지 모르겠다. 내가 한마디를 더 보탰다.

과학과 수학의 차이점에 대해서 이런 말을 해주는 게 도움이 될 수 있을 거야. 과학이란 자연현상을 설명하는 것이 목적이라서, 경험적 사실을 다룬다네. 비슷하거나 같은 현상을 관찰하고, 이것이 작동하는 방식에 대하여 추론하고, 이 추론이 99.99% 맞는다는 것을 실험하여 입증하는 것이네. 그것이 이론이 되는 거지. 이론이 틀렸다는 counter example이 나오면 이 이론은 폐기되고 다른 설명 방법을 찾게 되지. 이것을 과학적 방법이라고 한다네. 대상으로 자연을 택하면 자연과학인 게지. 그런데 수학은 자연을 대상으로 삼지 않는다네. 일종의 사유를 통한 학문이지. 즉 철학과 같아. 대상이 인간이 아니라 수나 기하, 또는 형이상학적인 대상인 것이지. 추구하는 것은 절대적으로 참인 체계이지. 물론 불완전성정리에 의하여 수학 논리에도 구멍이 있다는 것이 알려져 있기는 하지만.

에이, 그거는 수학이 절대적인 참으로 가는 과정이 아직도 진행되고 있는 예 중 하나예요.

그래요. 수학이란 학문은 참으로 접근하기가 쉽지 않아요. 그런데 공학자와 과학자가 생각하는 수학은 찾아진 현상, 이론들을 설명하기 위한 언어라고 생각하는 것이 가장 적합할 거예요. 이 수학이란 언어를 사용하지 않고 과학적 사실을 설명하는 것은 지금에 와서는 거의 불가능해요. 아주 큰 도움을 받는 것이지요. 우리는 이 언어로 설계 및 현상을 설명하고, 수학자들은 언어를 다듬고 시를 쓰는 사람이라고 생각해도 되겠나요?

그렇게 생각해 주면 좋겠네요. 젊은 양반은 이런 대화가 도움이 되었나요?

아직 잘 모르는 것투성이지만, 뭔가 희미하게 안개가 조금씩 걷히는 것 같긴 해요. 고맙습니다.

아니야, 우리가 더 고맙지. 이런 대화는 요즘 거의 없어서 우리의 위치를 모르고 일만하고 있지. 이런 신선한 생각들을 다시 한번 떠올리게 해 주어서 젊은이에게 감사함을 느끼고 있다네.

이렇게 다 풀리지는 않았지만, 어느 정도 만족한 상태에서 헤어졌다. 수학자에게 시간을 내주어서 고맙다는 인사를 하였고, 이○우에게는 미리 준비해 둔 쪽지를 건네고 시간이 있으면 읽어보라고 하였다. 헤어져서 사무실로 돌아오니 무엇인가 사물들이 새롭게 보이는 것 같다. 오늘은 집에 가서, 젊었을 때 들었던 음악들을 다시 꺼내어 들어야겠다. Lynyrd Skynyrd의 Free Bird와 Simple Man을 갑자기 듣고 싶어졌다. (Cause I'm as free as a bird now.)

해주고 싶은 말

세상에 없는 것을 만들어 보고 싶다거나 현재의 것들을 새롭게 고쳐보
고 싶다면 나는 기술자라 생각하고 앞으로 나아가고,
현재 이룩되어 있는 것들을 정교하게 다듬어 대가가 되고 싶거나 내 주
변 나아가 우주를 새롭게 설명해 보고 싶다면 나는 과학자라 생각하
고 앞으로 나아가고,
깨지지 않는 진리를 추구하고 싶거나 현재 이론들을 일반화하여 넓은
범위에 적용되게 하고 싶다면 나는 수학자라 생각하게.

그런데 중요한 것은 현재 구축된 학문은 인간들에 의하여 만들어졌기
때문에 그 구조가 똑같을 수밖에 없고, 위에 가면 다 통한다는 말씀.
한 분야에서 꼭대기에 올라가면 다른 분야들도 다 내려다보이게 되
어 이해할 수 있는 눈이 생긴다. 즉 통찰력(clairvoyance)이 생긴다는
말씀. 지금은 하는 것을 하면 돼요.

하나 첨부하자면, 기계들에 의하여 학문하는 새로운 방식이 나올지도
모르니 항상 주시하고 있어야 함.

모형시험

오늘은 새벽부터 비가 오고 있다. 봄비! 많은 시인이 봄비를 노래하였었다. 봄비는 인간들에게 많은 영감을 주는 모양이다. 어떤 이는 '나를 울려주는 봄비'라고도 하고, 어떤 이는 겨울의 칙칙함을 씻어주는 희망의 봄비를 노래하였다. 나는 봄비를 어떤 마음으로 받아들이나 곰곰이 생각하며 따뜻한 우유와 토스트로 아침을 먹는다. 새싹의 푸릇푸릇함이 좋은 나는 희망의 봄비를 생각하는가 보다. 그런데 가끔 어김없이 새싹이 돋는 것을 보면 자연의 위대함, 어떤 면에서는 자연의 무서움을 느끼기도 한다. 어김없이 새싹이 돋는다. 무슨 일이 있어도 어김없이. 내가 죽어도 어김없이. 그래서 가끔 무섭기도 하다. 방수 처리된 외투를 꺼내 입고 집을 나선다. 집 앞에 주차된 트랜스 모빌 모델 A에 오른다. 차 번호는 A-3415, 색상은 Spicy Red. Roadia 3.0이 반갑게 인사를 건넨다.

비가 오네요.

그러네.

비가 오면 제일 먼저 뭐가 떠오르세요?

음. 봄이니까 새싹이 떠오르지. 좀 이상한가? 물에 관련된 것이 떠올라
야 하나? 너는 무엇이 떠오르니?

예. 저는 타이어와 지면의 미끄러짐 상수와 발수코팅이 떠오르네요. 이
게 적당하게 조정이 되어야 하거든요.

이런, 좀 감상적인 것은 안 떠오르니? 재미없는 놈 같으니라고.

아하! 주인님은 감상파세요? 그렇지도 않으면서. 물의 마찰에 대해 생각
하게 계시잖아요. 빗물이 나를 때리는 힘이 얼마일까도 생각하고 계
시잖아요. 감성보다는 실제 발생하는 현상에 대하여 더 생각하고 계
시는데요?

어허, 이것 봐라! 이래 봐도 내가 얼마나 감상적인 사람인데, 빗물이 너
를 때리는 것을 생각하는 것은 힘을 생각하는 것이 아니라, 그 속에서
음악을 찾으려고 하는 것이고, 물의 마찰은 물고기가 강을 거슬러 올
라가는 알 수 없는 이유를 생각하느라고 그런 것이란다. 잘 알지도 못
하면서.

아이고, 죄송합니다. 이 봄비에 맞는 음악을 틀어드릴게요.

음악이 흐른다. 부드러우면서도 생동감 넘치는 선율이 흐른다.
봄의 생동감을 표현한 것일 것이다. 바깥에 흐르는 광경은 거울의

을씨년스러운 풍광을 조금씩 벗어내고 있는 것 같았다. 그러는 사이 모델 A는 물이 고인 곳과 별로 없는 곳을 나아가면서 타이어의 그립 제어를 계속하고 있다. 모델 A의 표면은 발수코팅이 되어있어서 물방울이 몽글몽글 맺힌다. 발수코팅은 물을 밀어내는 성질을 가진 도료를 표면에 발라 물의 표면장력이 최대로 작용하게 하여 물은 방울의 형상을 가지게 되고, 일정 이상의 크기가 되면 물의 접착력보다 중력이 더 커져서 밑으로 흘러내리게 한다. 그런데 여기에서 문제가 되는 것은 물의 접착력이 중력보다 크면 물방울이 표면에 그대로 붙어있게 된다는 점이다. 이를 해결하려는 연구가 이루어졌는데, 이는 물 분자가 전기적으로 극성을 띤다는 점에 착안하여 고주파 전기장을 만들어 표면에 붙어있는 물 분자에 진동을 주어 물방울의 접착력을 가능한 한 제거하는 방식이다. 이에 대한 개발이 끝나 아주 중요한 기기들에 적용이 되고 있으나, 차량에까지는 아직 실용화되지 않고 있다. 바람을 불면 물방울들이 거의 흘러 떨어지는데 굳이 고주파 전기장을 만드는 장치를 차량에 탑재할 필요가 없어서이다. 시속 50km/h 정도로 달리면 물방울들이 뒤로 흘러 떨어진다. 또한 다른 문제가 있는데, 차량 표면에 먼지가 있으면 발수 성능이 급격히 떨어진다는 것이다. 따라서 주차장 입구와 출구에 바람으로 물방울과 먼지를 털어내는 장치가 설치되어있다. 그냥 게이트를 통과하면 된다.

사무실에 도착하니, Secretariat이 오늘의 일정에 대하여 알려준다. 오늘은 연구소에서 수행하는 모형시험에 대하여 향후 어떻게할지에 대한 회의가 있다. 모형시험이 과연 필요할까에 대한 의문이 오래전부터 계속되어 이에 대한 충분한 토의가 필요한 모양이다. 연구소에서 수행하는 모형시험은 여러 가지가 있다. 선박 저항시험, 파도 중 운동 시험, 빙 성능 시험, 캐비테이션 시험 등이 대표적이다. 이를 위하여 장 수조(길이 200m), 해양 공학 수조, 캐비테이션 터널, 빙해 수조, 고속수조(길이 300m)가 있다. 이것은 축소 모형을 이용한 모형시험에 대한 것이다. 이외에도 물리적 성질을 실험하는 장비들이 많이 있다. 물리적 성질을 알아내기 위하여 수행하는 기초실험은 모형의 개념이 포함되어 있지 않다.

선박에 대한 실험은 대부분 모형을 가지고 수행한다. 실선이 워낙 크다 보니까 실선을 가지고 실험하기가 곤란하기 때문이다. 참으로 애석한 일이다. 모형을 가지고 실험해야 하니까. 이렇게 모형을 가지고 실험하여야 하는 다른 분야는 항공기 분야가 있다. 이것도 실 항공기가 워낙 크기 때문이다. 모형시험을 하여야만 하는 분야는 참으로 불행한 분야라고도 할 수 있다. 실제를 가지고 할 수 있다면 얼마나 좋을까? 모형이 실선에 비해 작은 정도를 축척(scale)이라고 하는데, 이 축척효과(scale effect)가 문제를 발생시키는 경우가 많기 때문이다. 작게 만들어 실험하니 실제로 큰 실선의 경우에 맞게 확장하여야 한다. 더 큰 문제는 크기가 큰 실선에서는 발생하지만, 축소 모형에서는 발생하지 않는 물리적 현상도 있다는 점이다. 주로 점성의 영향에 대한 것과 캐비테이션에 관한 것들이다. 이것들을 해결하기 위하여 압력을 대기압의 1/1000까지 떨어트릴 수 있는 감압 수조도 사용하고, 점성의 영향을 크게 하려고 난류 촉진 장치를 사용하기도 한다. 다시 생각해 봐도 참으로 불쌍하다. 실제 선박으로 시험을 할 수 있으면 얼마나 좋을까만.

오전 일을 마치고 오후에는 회의에 참석하였다. 회의 참석자는 나를 포함하여 총 8명이었다. 물론 기계 위원도 한 명 포함되었다. 실험을 주로 하는 연구원 4명과 계산 유체역학을 하는 2명, 이론을 하는 나, 기계로 이루어져 있었다. 오늘의 주제는 우리 연구소에서 유지하여야 하는 모형시험의 범위에 대한 것이다. 예전부터 모형시험 무위론이 우세하여진 탓이다. 계산 유체역학이 많이 발전하여 이제는 계산으로 하여도 되는데, 구시대 유물 같은 모형시험을 계속할 필요가 있느냐는 것이다. 현재 아직도 하는 모형시험은 그 기틀이 19세기 말에 세워졌는데, 참 오래도 됐네. 그 이후 발전한 파이 이론(π Theorem)이 모형시험의 근간이 되었다. 이 이론에 따르면 물리적 특성을 다루는 실험에서 원하는 물리량들을 이용하여 무차원수를 만들고 이 무차원수를 같게 하여주면, 관계되는 물리량들이 나타내는 물리적 성질이 동일하다고 하는 이론이다. 중력과 관성력으로 무차원수를 나타내면 Froude Number가 되는데, 실선과 모형에서 같은 Froude 수가 되도록 실험을 세팅하면 실선과 모형선에서 중력과 관성력의 비가 같아져서 중력에 의하여 발생하는 모든 현상이 동일해진다는 것이다. 이에 해당하는 것은 선박이 만들어 내는 파도인데, 파도는 중력에 의하여 진행되며 만들어지므로 Froude 수가 아주 중요한 무차원수가 된다. 그 외에 점성의 영향을 나타내는 Reynolds 수가 있으며, 압력에 관계된 캐비테이션 수도 있다. 이런 무차원수가 같게 되도록 모형선의 속도를 선정하고 시험을 수행하게 되는 것이다. 회의가 시작되었다.

우선 이 회의에서 다룰 내용은 다들 전해 들으셨지요?

회의를 주재하는 분이 말을 시작하였다. 오늘 다룰 내용에 관하여서는 벌써 일주일 전에 자료가 발송되어 다들 읽어보고 왔을 것이다.

오늘 이야기하여야 하는 것은, 현재 모형시험의 필요성이 줄어들고 있는데, 우리 연구소에서 꼭 유지하여야 하는 모형시험에 관한 것입니다. 이것은 현재 필요한 것만을 생각하는 것이 아니라, 향후에 미칠 영향도 고려하여야 합니다. 모형시험이란 것이 경험과 노하우가 필요한 것이라서, 한번 안 한다고 결정하면, 나중에 다시 하고 싶어도 쉽게 다시 할 수 있는 것이 아니라서요. 현재 우리 연구소에서 하는 시험에 대해서 잠깐 설명해 주실 수 있을까요? 기계 위원님?

현재 우리 연구소에서 수행하고 있는 시험은 선형 수조 시험과 빙해 수조 시험 두 가지가 있으며, 다른 모형시험들은 약 10년 전에 그만하게 되었습니다. 그 이유는 계산 유체역학으로도 충분하다는 결론이 났기 때문입니다. 모형시험이 아닌 실험은 아직 여러 가지가 있습니다. 주로 점성에 관련된 실험과 보오텍스에 대한 실험입니다. 이 실험들은 실용성의 목적이 아니라, 계산 유체역학에서 필요하여 실제 값의 레퍼런스로 삼기를 원하는 실험입니다.

저는 실험을 하는 연구원인데요, 진짜로 계산 유체역학만으로 충분합니까? 그 말이 믿기지 않아서요.

글쎄요? 계산 유체역학만이 유일한 방법이라고 생각하지는 않지만, 모형시험은 정확도에 한계가 있어서 어디까지를 믿어야 하는지 문제가 많아요. 똑같은 실험을 하여도 오차가 항상 있잖아요? 그에 반하여 계산 유체역학은 오차가 거의 없어요. 이제는 계산 유체역학이 대세예요. 또한 계산 유체역학에서는 모형을 가지고 계산하는 것이 아니라, 실선에 대해 계산하고 있구요.

그런가요? 저는 생각이 다릅니다. 계산 유체역학이라는 것은 우선 이의 계산 결과가 실제와 맞는지 항상 검증해야 하는 분야라고 생각해요. 실제 물리현상을 계산으로 다루니 이 계산이 맞는다는 것을 검증하여야 하는데, 이것을 하여야 하는 것은 Verification, Validation,

Accreditation을 하여야 해요. 이것을 하는 방법은 실험과 맞추어 보거나 실선 계측을 하거나 하여야 해요. 결국 실험의 도움을 받지 않는다면 계산 유체역학은 근거가 없는 것이니까요.

그렇게 말씀하시는 것도 맞아요. 그런데 현재 계산 유체역학에 사용되는 소프트웨어 Flow 3.0은 예전에 VV & A 과정을 모두 거쳤기 때문에 문제가 없고, 실제 현상을 아주 잘 계산하고 있어요. 그에 반하여 모형시험은 모형제작 오차, 질량 분포 오차, 계측기 오차, 그 외에 환경 오차까지 전부 더해지게 되면 오차가 아주 많아서 문제가 되고 있어요. 예전에 오차분석(Error Analysis)을 해 봤더니, 모든 오차가 더해지면 100% 가까이 되어요. 이거 믿을 수 있어요?

아니 오차분석을 그렇게 하는 것이 어디에 있어요, 모든 오차를 더하는 것이 아니에요. 오차분포가 겹치는 것이고, 분포가 조금씩 넓어지는 것이지. 현재 오차분석을 하게 되면 우리 연구소 수준은 0.2% 이내에 들어가고 있어요. 그렇게 이야기하면, 계산 유체역학도 심각해요. 우선 반올림 오차(Round-Off Error)는 수치를 표현하는데, double precision(8byte, 64bit)을 사용하면 십진법으로 유효숫자가 약 16개인데, 계산 유체역학에서 약 1억 개로 계산 구간을 나누면 반올림 오차가 10의 -8승 즉, 0.00000001이 되고, 시간 간격을 0.0001초로 나누어 실제로 한 시간을 계산하면 시간 step은 3,600 곱하기 10,000이 되어 반올림 오차만 0.36 즉 36%나 돼요. 그런데 한 시간을 푸는 것이 아니라 두 시간을 풀면 이 오차만 72%가 되구요. 절단

오차(truncation error)는 더 심각해요, 하나의 계산 격자에서 0.000001%만 절단오차가 발생하게 격자를 택하면, 1억 개가 있으니, 오차는 100%예요. 계산 유체역학이야말로 오차 때문에 믿을 수 없는 결과를 낼 수 있어요.

아니 그런 말도 안 되는 소리를. 그렇게 더하는 것이 어디 있어요?

그러게, 당신이 먼저 실험에서의 오차분석이랍시고, 오차들을 전부 더해서 이야기했잖아요.

아이고, 또 이런다. 이런 이야기는 약 15년 전에 끝난 이야기이다. 공학과 과학에서 실험과 계산 분야 사람들의 논쟁이다. 어찌 보면 필요도 없는 논쟁일 수도 있다. 아주 예전에 유체역학을 하시는 한 선배가 세미나에서 했었던 말이 생각났다. 유체역학이 발전된 초기에는 이론과 실험이 서로 보완하며 발전했었고, 이때 이론의 도움을 받는 실험, 실험의 도움을 받은 이론이 좋은 결과를 냈었다고. 그런데 1960~1970년대에 들어서 계산능력이 발전되면서 계산 유체역학이 자리를 잡았고, 계산 유체역학과 실험과의 충돌이 계속되었다고. 그 선배의 말 중 아직도 내 기억에 남는 것이 있다. 유체역학에 대한 단상을 이야기하면서 다음과 같은 말을 하였었다.

Theory (난 고고해!)

– 깔끔, 현상을 설명할 수 있음.

– 제한조건이 있고, 가끔 실체가 아니라는 공격을 받음

Experiment (내가 진짜야!)

– 실체적인 것을 다룸

– 제어하기가 어렵고, 해석이 어려움

Computation(FDM based) (다 덤벼!)

– 어떤 것이든지 계산치는 나옴

– 결과에 대한 신빙성 문제

그러면서 실험의 도움을 받는 이론, 이론이 guide 하는 실험, 실험 불가한 상황에 대한 이론 및 계산 유체역학을 이야기하면서 서로 보완적이라고 말씀하신 것이 기억난다. 나도 대화에 끼어들 수밖에 없었다.

잠깐 머리를 좀 식히셨으면 좋겠어요. 15년 전쯤에 결론을 내렸잖아요. 서로 보완적이라고. 실험이나 계산이나 모두 완벽하지는 않잖아요. 서로 도와야 하지 않겠어요? 지금 이 회의는 우리가 꼭 유지해야 할 모형시험의 범위에 대한 것이에요. 다른 분야도 마찬가지이겠지만, 실험을 없앴다가 다시 필요하여 시작하려면 시간이 오래 걸려요. 장비, 인력, 노하우 등 단시간 내에 예전과 같은 정도의 결과를 얻지 못해

요. 신중하게 생각해야 해요. 만약에 실험이 전부 없어지면, 계산하는 분들은 아쉬운 것이 없겠어요? 분명히 있을걸요?

중재에 나섰다. 계산 유체역학을 하는 사람들이 약간 양보를 하여줄 것을 기대하면서.

없어요. 실 실험이라면 모를까? 모형시험에 대한 것은 전부 계산 유체역학으로 해결할 수 있어요.

이런, 이런. 중재가 되지 않는다. 나도 말을 이어갔다.

시험과 실험이 다르다는 것은 아시지요? 모형시험을 전부 계산 유체역학으로 대체해도 된다는 말씀입니까? 모형시험이라는 것은 분석뿐만이 아니라 판정까지 해야 한다는 것은 알고 있지요? 진짜로 모형시험을 계산 유체역학으로 대체해도 돼요?

계산 유체역학 분야 연구원이 대답하고, 얼굴이 상기된 모형시험 분야 위원이 대꾸한다.

그럼요. 할 수 있어요.
그렇게 간단한 것이 아니에요. 경험 없이 함부로 하려다가는 큰코다쳐요.

걱정하지 마세요. 그것보다 엄청 까다로운 것도 무리 없이 잘 계산하고

있어요. 진짜로 모형시험 전부 대체할 수 있다니까요.

원래 회의가 의도한 대로 흘러가지 않았다. 계속 갑론을박의 시간. 자기 분야의 장점을 부각하기보다는 다른 분야의 단점을 지적하는 대화들. 그렇게 일진일퇴의 대화가 계속되었다. 결국 회의 주재자가 상황을 정리할 수밖에 없었다.

여러 위원님, 좋은 의견 감사합니다. 결정하기가 쉽지 않군요. 이렇게 하

기로 하지요. 우선 모형시험을 계산 유체역학 하시는 분들이 계산으

로 하는 것으로 정하고요. 모형시험하시는 분들은 올해 말까지 필수

불가결인 모형시험이 무엇인지 심사숙고하여 찾아오세요. 그때 다시

회의를 열어서 타당한 것들을 결정하고 내년부터는 그때 결정 난 것

들을 담당하게 하기로 하지요.

모형시험 분야가 밀렸다. 요즘의 대세가 이러한 것 같다. 전통적인 방법은 자꾸 설 자리를 잃어간다. 선박에서만 이런 것이 아니다. 대량생산이 가능하고, 현재 대량생산을 하는 분야는 모두 이런 상황이다. 일반적이지 않고 아주 가끔 설계 제작하는 분야만 전통적인 방법이 통용되고, 나머지는 많은 사람이 달려들어 계산기로만 해결하려고 한다. 편하고 강력한 방법이고, 또한 기계를 시

키면 쉽게 해결되기 때문이리라. 참, 인간들이란…….

그리하여 일단 모형시험 분야의 일이 계산 유체역학 분야로 넘어갔다. 모형시험 분야 연구원들은 일단 당황하겠지만, 본인들이 해야 할 일에 대하여 깊이 생각할 기회를 가질 것이다. 진짜로 필요한 일 찾기를 기대한다.

오늘은 퇴근길에 금강 변 공설주행시험장에 들렀다. 내가 가진 수동면허는 통제된 도로에서 0.5G이지만, 공설주행시험장에서는 아무런 제약이 없다. 과격하게 산악도로 Winding을 하였다. 미세하게 하부에서 소리가 나는 것 같아, 주행을 마치고 차량 점검 센터에 들렀다. 차량에는 상당히 많은 센서가 달려있는데, 하부 잡소리의 원인까지 점검하는 센서는 없기 때문이다. 차량 하부의 소리는 Lower Arm의 볼조인트가 헐거워져서 난 소리로 점검이 되었다. 볼조인트 부품이 마침 있어서 그 자리에서 교체하였다. 볼조인트가 헐거워진 이유는 타이어 공기압이 조금 높게 설정되어 있어서 지면의 충격을 많이 받아서 그런 것이다. 타이어가 있는 이유는 적정한 공기압으로 주행 시 지면의 충격을 감소시키는 용도인데, 공기압이 높으면 이런 기능을 하지 못하게 되어있다. 내가 가끔 과격한 드라이빙을 위해서 공기압을 높게 설정한 것 때문이다. 그런데 공기압을 높여 놓으면 차량 선회 시 급코너링 시 차체가 안정되는 좋은 점도 있다. 공기압이 낮으면 차체가 출렁거리고 잘못하면 타이어와 지면과의 접지력이 줄어 미끄러지는 위험성이 있기 때문이다. 타이어 공기압 수동 설정을 자동 설정으로 바꾸어 놓았다. 집으로 돌아가는 길에 Roadia 3.0이 말을 건다.

주인님, 거 봐요. 타이어 공기압을 나한테 맡기라니까, 쓸데없이 본인이 설정한다고 하여 부속이 망가졌잖아요.

내가 차를 모는 이유는 이동만을 위한 것은 아니야. 가끔은 즐기고 싶거든. 거기에 차량을 맞추어야지 내가 차량에 맞추어야 하니?

그래도 차량 자료집에는 일반도로 주행 시 32psi, 험로 주행 시 36psi, 눈이나 빗길 주행 시 30psi가 가장 적절하다는 안내가 있어요. 이것은 실주행 자료를 참고로 하여 만들어진 것이에요. 믿을 만하다니까요.

글쎄, 그것이 맞은 거겠지. 하지만 나는 거기에 따르는 것만이 좋을 것이라는 생각은 하지 않아. 내 맘대로 할 수도 있어야지.

그렇지만 문제는 생기지 않아야 하잖아요. 제 말도 좀 따라주세요.

그래, 네 말을 따를게. 하지만 가끔은 내 맘대로 할 거야. 그럴 때 잔소리 하지 마라.

그럼요. 주인님의 현명하신 판단입니다.

아이고! 중세 시대 사람들처럼 말하지 말아라.

문제가 발생하는 것을 줄이기 위하여, 인간들은 지혜를 짜내어 여러 가지 장치를 고안해 놓았다. 예전 조선시대 드라마를 보면 기미상궁이 있었다. 왕이 음식을 먹기 전에 기미상궁이 조금씩 맛을 보는 것이다. 안전한 음식이라는 판단이 있고 나서야 왕이 식사하였다. 그러면 기미상궁은 위험한 직업인데, 위험수당은 받았는가 몰라. 그런데 독이 있는 음식이나, 상한 음식을 먹고 얼마나 많은 기미상궁이 죽었는지는 모른다. 아마도 없었을 것이다. 기미상궁이 있다는 사실만으로도 음식으로 독살하는 것을 포기했을 거니까. 예전 주식시장에서는 이런 말이 있었다. 자산을 한 곳에 몰아놓지 말고, 분산시켜서 관리하라. 속된 말로 몰빵하지 말라는 것이다. 또 이런 이야기도 있다. 계란을 한 부대에 넣지 마라. 예전에 회사에서는 임원들이 출장을 갈 때, 사장과 부사장은 항상 다른 비행기를 타야 했었다. 이런 것들은 모두 위험도 관리(Risk Management)에 속하는 분야이다. 약간은 다른 이야기지만 맥락이 같은 것으로는 전자제품의 퓨즈(fuze)가 있다. 전력을 완전히 안정적으로 유지하지 못하던 시절, 전자제품들은 부품이 타서 고장 나는 경우가 많았다. 가장 큰 문제는 써지 전압(surge voltage)이었는데, 이것은 장비를 작동시키는 순간 갑자기 전기가 흐르기 때문에 순간적으로 높은 전압 상태가 되는 현상이다. 이때 중요한 부품이 손상을 입는다. 이를 방지하기 위하여 전원선에 퓨즈를 달아 문제가 되기 전에 퓨즈가 끊어지게 하였다. 중요한 것을 지키기 위하여 퓨즈가 자신을 태워 보다 중요한 것을 지킨다. 이 얼마나 숭고한 일인가? 1900년대에는 이것이 잘 작동하였고, 퓨즈의 중요성이 인정되었었다. 그러나 2000년대가 되면서 가정까지 차단기가 보급되었다. 설정된 전류 이상이 흐르면 차단기가 떨어지게 되어있다. 원인을 찾아 조치한 후 차단기를 올리면 다시 전원이 공급되게 되어있다. 퓨즈는 타버리면 갈아내야 하는데, 차단기는 다시 올리면 되니 엄청 편해졌다. 그러나 차단기는 흐르는 전류를 이용한 전자석의 힘으로 차단하는 것이라서 대용량의 전류에만 작동하고, 미세전류에 작동하는 차단기는 제작이 거의 불가능하여 전자제품에는 사용되지 못한다. 전원이 들어오는 데 사용하는 차단기는 전류에 대한 것이어서 순간적인 써지 전압에 대하여서는 보호하지 못한다. 그래서 전자제품에는 퓨즈가 계속 사용되고 있다. 그런데 2000년대 들어와 전자제품 수리기사들의 인건비가 올라가면서 퓨즈를 찾아서 갈아내는 수리비가 올라갔고, 부품 수리를 하는 것보다 전원부 모듈을 갈아내는 것이 효율적이어서 모듈 교체로 수리의 개념이 바뀌었다. 현재는 고장이 나면 대부분 새 제품으로 바꾸는 세상이 되어버렸다. 참 비효율적이지만 이것이 더 효율적이란다. 참, 인간들이란…

물론 이것에는 20년 전부터 가동되는 전자제품 재처리 시설의 역할이 큰 몫을 차지한다. 어떤 천재 같은 사람이 고안한 이 재처리 시설은 전자제품을 통째로 서서히 가열시켜서 먼저 플라스틱

같은 열 변형이 빨리 되는 것들을 녹여내어 따로 분리하고, 금속들도 녹여내어 분리하고, 열로서 녹이기 힘든 페라이트, 도기, 자기 성분들만 남게 한다. 여기에서 녹여낸 금속은 여러 가지 금속들이 섞여 있고 화학반응도 하여 화합물도 있게 되는데, 이것을 엔트로피 저감형 분리로에 넣으면 화합도 깨지고 물리적인 분리가 되어 따로따로 금속을 분리해 낼 수 있다. 이것에는 전기장과 자기장을 정교하게 이용하는 것으로는 알고 있는데, 자세히는 모른다. 그런데 이것에 엔트로피 저감형 분리로라는 이름이 붙여진 것이 재미있다. 열역학에서 엔트로피 증가의 법칙을 배웠던 사람들만이 재미있다고 생각할 것이다. 일종의 유머를 섞어서 그렇게 불렀을 텐데 일반인들은 아무런 감흥이 없었을 것이다. 자연현상은 많은 것들이 섞이고, 무질서 상태로 가는 것이 엔트로피 증가의 법칙인데, 이것의 반대 상황을 만드는 것이니 엔트로피 감소라고 설명을 한 것이리라. 좌우간 이 재처리 시설이 가동된 후로는 고장 난 전자제품을 수리하는 것보다 새것으로 바꾸고 고장 난 전자제품을 성분별로 분리하여 다시 필요한 전자제품을 만드는 것이 더 효율적이라는 것이다. 소중한 물건에 대한 애착, 추억들을 인간들이 포기할 수 있을까? 절대 아니다. 현대 사회규범과는 반대로 전자제품을 수리하는 암시장이 있다. 당연히 새 제품을 사는 것보다 두 배 이상, 특별한 경우 열 배까지의 돈을 지불하여야 하지만 암시장에 있는 전자제품 수리점은 장사가 잘되는 것으로 알려져 있다. 이것도 기계들이 모르는 것은 아니고, 알면서도 제재하지 않고 있다. 이런 것들을 필요악이라고 해야 하나? 거기까지는 아니지만, 사회가 돌아가는 데 필요한 것 정도로 치부하는 것이다.

아침부터 비가 내리고 있다. 낙엽이 지기 시작했는데, 가을비는 낙엽을 재촉하고 있다. 이런 날은 따뜻한 커피가 제격이다. 다소 거친 음악을 틀어 놓고, 커피를 내린다. 거실 가득 커피 향이 퍼지는 것을 느끼면서, 따뜻한 커피 한 잔을 내렸다. 후후 불면서 호로록 첫 모금을 나셨다. 아직 뜨거워서 커피 맛을 모른다. 누가 가장 커피가 맛있는 온도가 86도라고 했던가? 그건 그 사람에만 맞는 말일 것이다. 나는 50도에서부터 95도까지의 거의 모든 온도의 커피를 좋아한다. 그래서 뜨거운 커피를 내리고 천천히 먹으면서 온도가 내려가는 모든 커피를 즐긴다. 레인 코트를 꺼내 입고 집을 나선다. 집 앞에 주차된 트랜스 모빌 모델 A에 오른다. 차 번호는 A-3415, 색상은 Spicy Red. Roadia 3.0이 반갑게 인사를 건넨다.

오늘은 다소 쌀쌀하네요. 이런 날에는 따뜻한 탕에 들어가 쉬기 좋은 날
이네요. 연구소 사우나를 예약해 놓을까요?
와, 내 생각을 거기까지 해주고, 정말로 고맙다. 예약해 주면 좋겠다.
저는 항상 주인님 생각만 하고 살아요.
야! 오늘은 아침부터 웬 아첨? 그런데 너는 따뜻한 탕에 들어가 몸을 쉬

는 기분을 이해하고 있는 거니?

그럼요! 저도 인간 행태학에 대한 자료가 많단 말이에요. 센티멘털이라
는 말도 이해하고 있는걸요?

또 또. 아는 것과 이해하는 것은 다르단 말이야. 너 따뜻한 탕에 들어가
봤어? 해보지도 않고 이해하는 것처럼 말하지 마.

된장을 찍어 먹어봐야 아니요? 그냥 보면 알지. 그리고 저는 외부 도색하
고 열처리하기 위해 열 처리로에도 들어가 봤는걸요?

그런 말도 알아? 보통내기가 아니네. 그런데 물속에는 안 들어가 봤잖아.

이런저런 농담을 하는 사이에, 연구소에 도착하였다. 사무실에
들어가니 Secretariat이 오늘의 일정에 대하여 알려준다. 오늘 오
전에는 특별한 일정이 없으며 점심 후 오후에 사우나 예약이 있고,
저녁에는 기타 동호회가 있다고 알려준다. 오전에는 가속도 포텐셜
에 대하여 생각들을 정리하였다. 속도 포텐셜은 이것을 방향성분
으로 미분하면 그 방향 속도가 나오는 것으로, 가속도 포텐셜은 방
향성분으로 미분하면 가속도가 나오는 함수라고 일단 정의하였다.
가속도는 결국 힘과 마찬가지이니 힘과 거리를 곱하니, 차원으로
는 에너지 차원이다. 즉 에너지 분포함수를 구하는 것이다. 그런데
이것은 아직 익지 않은 발상 차원의 생각이기에 아무 곳에도 접속
이 되지 않는 컴퓨터를 이용하여 정리하고 있다. 이런 컴퓨터를 가
지고 있는 것은 불법이겠지만, 나에게 무어라 하는 사람, 또 기계

는 아직 없다. 봐주고 있는 것으로 알고 있다. 나중에 이것이 잘 정리되면, 그때 다른 컴퓨터로 작업을 할 것이다. 점심시간이 조금 남았는데, 전화가 왔다. 모형시험 분야 연구원들의 회의인데, 향후 추진해야 할 모형시험에 대하여 어느 정도 정리가 되어 다른 분야의 의견을 듣고 싶어 회의에 초청하겠다고 한다. 기꺼이 참석하겠다고 하였다. 고생들 했네, 쉽지는 않았겠지. 그런데 사우나 예약 시간과 겹쳤네. 별수 없지, 다음에 해야지.

점심 식사 후 앞산에 올라갔다. 가을 단풍이 곱게 물든 나무들이 있다. 상록수 계열은 점점 더 짙은 색이 되어가고 있고, 낙우송 계열의 메타세쿼이아, 낙엽송들은 잎이 누렇게 변색이 되어 바람만 불면 떨어질 것 같고, 은행나무는 노랗다. 단풍나무계열은 여러 가지 색들로 물드는데, 가장 많은 색이 붉은 누런색이다. 이런 나무들은 고로쇠, 신나무, 등등 우리나라에 많이 분포한다. 단풍나무는 색으로 분류된 것이 아니다. 열매가 쌍으로 나고 날개가 달려있어, 떨어질 때 빙글빙글 돌게 되어있는 열매를 가진 것들이 모두 단풍나무이다. 단풍나무는 잎이 손바닥처럼 생긴 특성이 있다. 손가락처럼 나뭇잎이 삐죽 나와 있는데, 많은 것은 11개, 9개, 보통은 7개, 5개, 적은 것은 3개 또는 형태가 뭉개진 것들도 있다. 색깔이 붉게 물드는 단풍은 대개 손가락이 많은 단풍으로 당단풍나무, 작고 이쁜 색깔의 잎이 특징인 아기단풍이 대표적이다. 단풍 명소에는 이 나무들이 많아 가을에 명소가 된다. 그런데 단풍나무 잎은 왜 홀수 갈래로 벌어질까? 희한하게 짝수가 아니다. 홀수이다. 동양 사람들은 홀수가 친숙하다. 삶에 홀수가 적용된 것이 너무나 많기 때문이다. 삼세번, 삼지구엽초, 삼일장, 삼고초려, 손가락 다섯 개, 그런데 서양 사람들은 언어에서 보듯이 짝수(even number), 홀수(odd number) odd는 홀수 이외에도 이상한이란 뜻이 있다. 내가 언어학자는 아니지만 서양에서 홀수는 균형 잡히지 않은 수라는 것이다. 서양은 균형을 중시하고 동양은 개성을 중시하나? 이야기가 왜 이쪽으로 갔지? 멋있는 단풍을 감상하면서. 요즈음에는 가로수로 중국단풍이 있는 곳도 있다. 이 단풍나무는 단풍이 물들 때 한꺼번에 물들지 않고 시차를 두고 물들어서 한 나무에 녹색 잎, 노란색 잎, 빨간색 잎이 동시에 달린 아주 멋있는 광경을 연출하기도 한다.

모형시험 분야 회의에 들어갔다. 관련 연구원 모두가 참석하였다. 참석자 중에는 선배 한 분도 계셨고, 동기들도 두 명 있었다. 오랜만에 만나 참 반가웠다. 분야 팀장이 회의를 주재하였다. 그간의 일들에 대한 간략한 설명이 있었고, 이 회의의 결과는 연구소 간부회의를 거쳐서 공식적으로 추진될 수도 있다는 설명을 마치고, 향후 추진하게 될 모형시험에 대하여 다른 연구원에게 설명을 부탁하였다. 소개받은 연구원은 대략 40대 초반의 나이로 보이고,

연구소에서 얼굴을 가끔 봤지만 나와는 접점이 없어서 잘 모르는 사람이었다. 설명이 시작되었다. 현재 하고 있던 모형시험에 대한 설명이 간략하게 있었고, 모형시험이라는 약점을 이번 기회에 탈피할 방안에 대한 설명이 시작되었다. 모형시험이 아니라 실 시험을 하자는 이야기이다. 설명하는 연구원의 이야기이다.

지금 우리가 다른 분야에 의해서 공격받는 것 중 가장 큰 문제는 모형을 가지고 시험하고 있다는 것입니다. 실제와 같느냐는 질문에 대한 대답을 명쾌하게 하지 못하고, 여러 설명을 하여야 한다는 점이지요. 따라서 실제 선박 또는 해양구조물을 가지고 시험하면 이런 문제들을 없앨 수 있습니다. 물론 아주 넓은 장소가 필요하겠지요. 이것에 대하여 조사하여보았더니, 내수면 즉 호수에서는 작은 선박만을 시험할 수 있어서 제외하기로 하고요, 바다에 연한 장소를 찾아보니 새만금, 고성 당항포, 광양을 찾을 수 있었습니다. 새만금은 간척하지 않았기에 사용할 수는 있지만, 시험 선박을, 둑을 넘겨 와야 한다는 문제가 있습니다. 광양은 얼마 전에 항구를 폐쇄하여 공유수면으로만 남아있어서 가능합니다. 또한 고성 당항포는 입구가 아주 좁아 거의 내수면과 같습니다. 예전에 이순신 장군이 당항포 해전을 벌인 곳이기도 합니다. 이곳은 현재 해양레저가 활성화되어 있습니다. 이런 곳에서 시험하기 위해서는 충분한 항주거리가 확보되어야 하는데, 현재 직선거리로 약 10km 정도 이용할 수 있을 것 같습니다. 길지 않은 거리입니다. 가속구간에 대해서는 자체 추진으로 원하는 속도가 나오려면 훨씬 더 긴 거리가 필요하기에 이에 대해서는 별도의 가속장치가 필요합니다. 약 2km 내에서 가속하고 또한 2km 정도에서 감속한다면 약 6km 정도를 시험 장소로 활용할 수 있습니다. 최대속도를 30노트로 하면 약 6.6분 동안 시험을 할 수 있습니다. 또한 약 100m 정도의 선박을 시험한다면 시험 장소는 선박길이의 60배 정도가 됩니다. 2km 내에서 시속 30노트로 가속을 하려면 가속도는 0.056 m/s^2, 시간은 266초가 필요합니다. 이 가속을 할 수 있느냐가 문제입니다. 힘으로는 560kN, 출력으로는 11,000마력 정도 됩니다. 자체 추진을 제외하면 약 6,000마력의 가속 보조가 있으면 됩니다. 이 정도는 그리 어렵지 않습니다. 길이 약 100m, 질량 만 톤급에 해당하는 예시입니다. 저희 예상으로는 약 5만 톤급까지는 시험이 가능할 것으로 판단하고 있습니다. 요즈음에는 거대한 선박은 만들지 않으니까, 지금 짓고 있는 선박들은 거의 커버가 됩니다.

너무 쉽게 생각하고 있다는 생각이 들었다. 실선 시험장이라는 것이 그렇게 쉽게 만들어지고 운영되는 것은 아닐 텐데. 또 다른 연구원의 발표가 시작되었다.

저는 축소 모형이 아니라 확대 모형에 대한 시험을 제안하고자 합니다. 선박뿐만이 아니라 자동차, 비행기 등의 실험을 하다 보면 외부 장착

장비를 부착하고 실험하는 일들이 있습니다. 그런데 축소 모형이다 보니 외부 장착 장비가 정교하게 만들어지지 않고, 또한 이 장비 주변의 유체 흐름 또는 발생하는 힘들을 계측하기가 어렵습니다. 또한 이곳의 흐름이 층류인지 난류인지 확실하지 않은 상태로 실험을 수행하기도 합니다. 그래서 차라리 중요한 장비는 확대 모형을 만들어서 이곳에서의 흐름을 더 정확히 하고 실험하는 것이 중요하다고 생각합니다. 물론 확대비가 커지면 수조에서 물로 실험하는 것이 아니라, 풍동에서 공기로 실험하여야 할 필요성도 있습니다. 이때 점성 문제가 발생하기는 하는데, 최근에 개발된 유동 촉진 장치를 이용하면 실 축척비와 같은 유동의 형태를 제어하는 것이 가능합니다. 이런 것들의 알기 쉬운 예로 골프공에 딤플을 주면 흐름이 난류가 되어 빠른 속도에서는 저항이 적어진다는 것인데, 이것을 확대 모형을 만들어서 층류 난류 및 흐름의 박리 등을 실험하자는 것이지요. 선박에서는 외부 장착 장비 중에서 특히 문제가 되는 코너 부분에 대하여 확대 모형시험을 하자는 제안입니다.

일단 타당한 이야기로 들린다. 축소 모형이 문제를 가지고 있으니, 차라리 확대 모형을 생각해 보자? 그럴 수도 있겠다. 발상은 참신하지만, 무슨 장점을 가지고 있나? 유체역학에서 중요한 무차원수는 두 가지가 있다. 하나는 중력을 고려하는 무차원수이고, 다른 하나는 점성을 고려하는 무차원수이다. 같은 유체에서 실험하는 경우, 중력에 대한 무차원수를 고려하면 모형이 작아지면 실험 속도도 작아지게 되고, 점성을 고려하면 모형이 작아지면 실험 속도가 커지게 되어있다. 공기의 운동학적 점성은 물에 비해 약 10배가 크기 때문에 공기로 실험하면 같은 속도에서 모형을 10배로 키우고 같은 속도로 실험을 할 수 있다. 모형이 실제와 같다면 속도가 10배가 되어야 한다. 그래서 축소 모형을 가지고 풍동에서 실험할 때는 매우 높은 속도가 필요한 것인데, 차라리 확대 모형을 가지고 속도를 줄여서 실험하자는 것이다. 잘 되면 좋을 것처럼 보인다. 그런데 문제는 선박에 대해 실험할 수는 없고, 외부 부착물 또는 코너 부근 등 유동의 변화가 급격한 곳에 대해 실험만을 할 수밖에 없어서 실험할 수 있는 것이 제한된다는 것이다.

이 두 제안에 대하여 많은 이야기가 오고 갔다. 실험 가능성, 시험장 확보 문제, 예산 문제 등등. 확대 모형시험에 대하여서는 조금 큰 풍동을 제작하면 되는데, 이것은 예산상으로나 설치상으로나 큰 문제가 없는 것으로 이야기가 되었고, 실선 시험장에 대해서는 예산과 시험장 확보가 만만치 않다는 것으로 이야기가 되었다. 따라서 내년에 확대 모형에 대한 장비를 확보하고 하반기부터 시험에 들어가도록 추진하고, 실선 시험장에 대해서는 우선 실선에 부착하여야 할 센서, 장비 등을 마련하여 연구소 시험선에서 시험가동을 하여보고, 계측에 문제가 없으면, 해상환경이 좋은 날 실 해역시험을 수행하여 보아 실선 시험장을 마련하면 문제없이 시험을 할 수 있다는 것을 우리 나름대로 확인하면서, 예산에 대해서는 지금부터 작업을 하여서 내년도에 실선 시험장 추진계획을 지역공동위원회에 올리는 것을 목표로 작업을 하는 것으로 결론이 났다.

일주일 후, 모형시험에 대한 회의가 다시 열렸다. 이번에는 계산 유체역학 분야에서 회의를 원하여 소집된 것이었다. 회의에 들어가니 봄에 열렸던 회의와 마찬가지로, 회의 참석자는 나를 포함하여 총 8명이었다. 실험을 주로 하는 연구원 4명과 계산 유체역학을 하는 2명, 이론을 하는 나, 기계로 이루어져 있었다. 회의 주재자가 회의를 진행하면서 간단하게 회의의 목적을 설명하였다.

지난번 봄 회의에서 결정되었던 것과같이, 현재 계산 유체역학 분야에서 연구소로 의뢰가 오는 모형시험에 대하여 계산 유체역학으로 풀어서 결과를 내고 있는데, 의뢰자와 연구원들 사이에 소통이 잘되지 않고 있는 것 같습니다. 이에 대하여 계산 유체역학 분야 연구원들이 할 이야기가 있다고 하여 회의를 소집하게 되었습니다. 누가 설명을 하여 주실까요?

예 제가 말씀드리겠습니다. 그동안 의뢰가 들어오는 모형시험에 대하여 약 5개월 동안 일을 하였는데요, 저희 생각에는 그전 모형시험에서 하는 것을 모두 계산하여 보고서를 마련하고, 이후 의뢰자와 내용을 가지고 검토하는데요, 의뢰자가 의뢰 내용과 상관없는 요구를 하는 경우가 너무 많습니다. 주로 선형 변경에 관한 이야기인데요, 시험 결과가 의뢰자가 생각하는 기준에 빠듯한 경우 선형을 어떻게 바꾸는 것이 도움이 되겠느냐 또는 에너지 절감장치를 어떤 것을 장착하면 속도가 생각한 대로 나오겠느냐 등등 실험을 해봐야 아는 내용에 대해 자꾸 저희의 판단을 요구하고 있어요, 또한 예전에는 실선-모형 상관관계를 추정하는데 속도의 여유분이 조금 있어서 시험 결과가 안심되었는데, 처음부터 실선을 계산하니, 이것이 진짜로 앞으로 할 실선 시험의 결과와 일치하는 것을 보장할 수 있느냐에 대하여 보고서에 명기해달라고 하기도 합니다. 그런데 우리가 뭐 신이라도 된답니까. 그것을 어떻게 보장한다는 말입니까. 저희가 해야 할 일을 벗어나는 요구를 하고 있습니다. 이것 때문에 우리 연구원들의 스트레스가 이만저만한 것이 아닙니다. 선형을 가지고 오면 이것에 대하여 계산 결과를 주면, 우리의 일은 끝이라고 생각합니다. 이런 것까지 해줄 수는 없습니다.

아니! 그런 것도 못 해줄 거라면 왜 모형시험을 전부 계산 유체역학에서 하겠다고 한 것입니까? 모형시험이라는 것은 실선이 잔잔한 해상에서 주어진 마력을 가지고 요구되는 속도를 유지하면 항주할 수 있느냐에 대한 종합판단입니다. 그런데 실선 시험 운전 시는 잔잔한 파도 상태가 아니거든요, 이것에 대해 보정도 해주어야 실제로 잔잔한 해상 상태에서 속도도 얻을 수 있습니다. 선박 설계자들은 이것까지도 염두에 두고, 또한 이 선박의 임무에 대한 조건들을 만족시키는 설계를 하여 선형을 결정하고 모형시험을 맡기거든요. 단순히 주어진 마력에서 기준속도가 나오느냐에 대한 설계가 아닙니다. 이 선박의 용도 때문에 다소 이상한 선형이 나오기도 합니다. 모형시험 분야 연구원들은 선형을 보고 시험에 들어가기 전에 어디에서 문제가 생길 수 있는지를 먼저 판단합니다. 그래서 의뢰자와 이 선형은 어떤 문제가 예상되고 이것을 해결하기 위해서는 선형의 어느 부분을 어떻게 바꾸는 것이 좋겠다. 그래도 안 될 것 같은 선형에는 에너지 절감장치를 어느 부분에 크기는 어떻게 장착하여야 기준을 만족시킬 것 같다고 판단하고, 이것을 가지고 의뢰자와 협의를 계속합니다. 이후 모형을 만들고 시험에 들어갑니다. 이런 종합판단을 하는 것이 모형시험입니다. 계산 유체역학 분야 연구원들도 계산만 하지 말고, 선박 자체에 대한 이해를 키워야 합니다.

여러 이야기가 나왔다. 계산 유체역학 분야에서는 주어진 조건에 대하여 계산만 잘하면 되지 다른 것들을 해주는 것은 모형시험의 범위를 벗어나는 것이라고 주장하고, 모형시험 분야에서는 모형시험이라는 것은 선박의 마력과 속도에 대한 종합판단을 하는 것이므로 선박에 대해 이해하고 의뢰자와 협의하여 모형시험을 하는 것이 마땅하다는 주장이었다. 최종적으로 회의 주재자가 정리를 하는 이야기를 꺼냈다.

우리 연구소의 임무 중 하나는 보다 좋은 선박이 해상에서 운행되는 것에 대한 보탬을 주는 것이고, 따라서 여러 상황에 대한 대안도 제시해야만 합니다. 단순히 계산만 하거나 실험만 하는 것은 아닙니다. 모형시험도 의뢰자의 여러 요구사항에 대하여 협의하는 것이 마땅합니다. 대안을 제시하지 못하면, 계산기로 계산만 하면 되지 무엇 하러 인간들이 이것을 담당하고 있다는 말입니까? 한번 묻겠습니다. 계산 유체역학 분야에서는 이 모형시험을 계속할 수 있겠습니까?

으음. 참 곤란한 문제에 부딪혔네요. 계산 유체역학으로 모든 것을 계산할 수 있는데…. 의뢰자의 요구에 대하여 대안을 제시하는 일은 저희가 못합니다. 계산 결과에 대한 책임은 다할 수 있습니다.

거의 정리가 되었다. 한번 바꾸어서 해보니 생각했던 것과 달라서 원래대로 돌아가는 수밖에. 참, 인간들이란….

그렇게 하여 연구소에서 모형시험 분야는 예전과 같이 유지되었다. 들리는 이야기로는 모형시험 분야 연구원들의 회의에서 이 이야기를 가지고 토론하였는데, 젊은 연구원들이 화가 많이 났었다고 들었다. 이번 기회에 모형시험의 업무를 바꾸어서 다른 모형시험방식으로 도전할 기회를 어렵게 얻었는데, 이것을 포기하고 예전으로 돌아가라니 이게 무슨 연구소의 발전이냐고. 연구소 측에서는 이런 사정을 듣고 현재 하고 있는 모형시험 외에 확대 모형시험에 대해서는 당장 시행하여도 좋고, 실선 시험장은 좀 천천히 꼼꼼한 계획을 세우는 것으로 결정하였다.

퇴근하는 길에 곰곰이 생각하였다. 예전과 같은 것을 계속 유지하는 것이 좋을까? 아니면 새로운 시도나 돌파구를 찾는 것이 좋을까? 당연히 후자가 더 좋겠지. 하지만 더 완벽한 완성을 위해서는 예전의 방법을 계속하여야 하는 것 아닌가? 연구의 새로운 돌파구를 찾아준 선배들 Froude, von Karman, 더 예전으로는 Euler, Bernoulli, Archimedes 등등 존경스럽다. 그런데 그분들도 그 당시에 퍼져있던 생각들을 계속 연구하여 완성한 것은 아닐까? 바람이 시원하다. 조금 있으면 차가워지겠지.

Art

아침부터 햇볕이 뜨겁다. 초여름 날씨라서 바람은 아직 시원한데, 햇빛이 상당히 강해 아침인데도 햇빛이 닿는 곳은 따뜻해진다. 아! 이럴 때도 햇볕이라고 표현해야 하겠지? 좌우간 햇볕이 뜨겁다. 이렇게 햇볕이 뜨거우면, 아침부터 굉장히 바빠지는 곳이 있다. 토목기술위원회 지속 가능 분과 열팽창관리팀이다. 이 팀이 생긴 지는 얼마 되지 않는다. 모든 사물은 열이 발생하면 열팽창이 수반된다. 어떤 것들은 수축하기도 하지만 대부분은 팽창하게 되어있다. 이때 열팽창률이 다른 물질이 서로 붙어있으면 형태가 변형되기도 한다. 이것을 이용하는 것이 바이메탈 온도감지기이다. 예전의 커피포트가 많이 사용하였었는데, 물이 끓는 온도에 이르면 바이메탈이 변형되어 전류를 차단하여 계속 끓게 하지 않는 온도조절기를 가지고 있다. 이렇게 유용하게 사용하는 곳도 있지만, 구조적으로 문제가 되는 경우가 많다. 열팽창이 달라 건물이 휘게 되는 경우, 강을 건너는 다리의 철골구조의 팽창 등등 토목 관련한 구조물에서 문제가 많이 발생한다. 또한 요즘에는 전기적으로도 문제가 발생한다고 한다. 전선의 길이가 늘어나면 전자의 흐름에 영향을 주어 같은 전기장을 걸어도 전류가 미세하게 줄어든다나. 이것에 관하여서는 설명을 들어도 도통 알 수가 없다. 인간 생활에는 영향이 거의 없으니까. 예전에 이런 이야기를 들은 적이 있다. 1800년대까지의 건물은 쌓아 올리기만 하는 건물이었다. 그래서 이집트의 피라미드는 가장 높은 건물의 지위를 몇천 년이나 지니고 있었다. 나폴레옹의 개선문도 그 높이를 오랫동안 자랑하고 있었다고 한다. 그런데 프랑스의 에펠이 설계한 에펠탑은 이러한 건축물의 개념을 완전히 바꾸어 주었다. 철골로만 건축이 가능하다는 것을 보여주었다. 그러면서 건축물 높이의 차원을 바꾸게 되는 계기가 되었다. 이후 철근콘크리트 구조물이 발명되면서 건축물들은 전혀 다른 양상을 띠게 되었다. 철근은 인장력에서 강점이 있고, 콘크리트는 압축력에 강점이 있다. 이 둘을 결합하니 인장력, 압축력에 모두 강점이 있는 구조물이 만들어지게 되었다. 여기에서 진짜 중요한 것은 철근의 열팽창률과 콘크리트의 열팽창률이 같아지도록 콘크리트의 시멘트, 모래, 자갈의 배율을 맞추었다는 점이다. 이 둘이 열팽창이 같아, 온도가 변해도 철근과 콘크리트는 서로 분리되지 않고 잘 붙어있게 된다. 따라서 아주 안정적이고 인장 압축에 강한 구조물이 만들어지게 되었다. 이것을 이용하니 건물의 높이에 획기적인 발전이 이루어졌다. 1900년대 초에 뉴욕의 건물들이 이 방식을 채택하면서 건물의 높이가 록펠러 센터는 70

층까지 올라가게 되었다. 1930년경 미국 대공황 시대에 경제를 살리기 위해 지은 엠파이어스테이트 빌딩은 100층을 넘어가게 되었다. 모두 철근콘크리트, 또는 철골콘크리트 구조물의 도움이었다. 사용하는 철골과 콘크리트의 열팽창이 같다는 아주 중요한 사실, 이것 때문에 건축물의 혁신이 이루어졌다는 것을 생각하니, 열팽창이 얼마나 중요한 자연현상인지 알 수 있다. 또 쓸데없는 생각만…. 아침을 챙겨 먹고 집을 나선다. 집 앞에 주차된 트랜스 모빌 모델 A에 오른다. 차 번호는 A-3415, 색상은 Spicy Red. Roadia 3.0이 반갑게 인사를 건넨다.

안녕하세요? 주인님. 오늘 날씨가 아주 좋아요. 이런 날은 바닷가가 딱 좋은데. 내일 휴가 내놓을까요?

그래? 그러면 좋겠지. 그런데 요즘 정리해야 할 것들이 조금 있어서 나중에 가자.

아이고! 뭐가 그렇게 바빠요? 요즘 하시는 일들이 별로 없던데요. 주인님 일지에 벌써 한 달 동안 내용이 거의 같던데요.

아니야. **(아니 이놈이 무얼 알고 있는 거야?)** 머릿속에서 얼마나 힘들게 정리하고 있는데.

이놈 Roadia 3.0도 중앙자료분석센터에서 나에 대한 자료를 전부 접속할 수 있구나. 거기에 내 일지도 쌓여있나? 조심하여야 하겠다.

네가 무얼 알겠니? 새로운 방법을 찾는다는 것과, 창의력을 발휘하는 것
　　이 그렇게 쉬운 거겠니?

그래서 기계가 아닌 인간한테 일을 시키는 거잖아요. 기계들은 프로그
　　램을 벗어나지 못해요.

그런데 그 프로그램도 이제는 기계들이 만들잖아.

그래서 문제인 것 같아요. 다양성이 없다는 질책을 많이 받아요.

아 그런 거구나, 다양성! 하기야 기계들이 엉뚱한 생각을 못 하지. 엉뚱
　　한 생각을 하는 프로그램은 못 만드나? 그러면 다양성 문제가 해결될
　　수도 있는데.

어디서 읽은 기억이 나는데요. 통제성 때문에 그런 거래요. 이 사회가 유
　　지되기 위한 최소한의 통제를 하고 있는데, 이것 때문에 다양성 문제
　　를 풀려고 아무리 하여도 항상 귀착은 처음 출발했던 문제로 돌아오
　　게 되어있대요.

그러면 통제하지 않으면 되잖아?

그렇게 되면, 이 사회가 어떻게 될지 모른대요.

설마 망하겠어?

주인님, 지금 생각은 위험한 생각이에요. 제발 그런 생각하지 말아 주
　　세요.

알았다. 내가 너를 곤란하게 했구나.

내가 너무 나갔나 보다. 웬만해서는 내 Roadia 3.0이 경고하지

않고 농담으로 받아주는데, 이번 경우는 다르네. 그렇다. 문제는 통제성에 있다. 상급, 중급위원회에서 전 세계를 유지해 나가는 방법이 통제이다. 주어진 약속, 주어진 방법, 주어진 규칙 이외에는 허용이 되지 않는다. 만일 이것이 허물어지면 사회를 유지할 수 없는 중요한 것들만 또한 최소한의 것들만 통제하는데, 문제는 계속 사례가 쌓이다 보니 통제되는 것이 점점 더 많아지고 있다. 이렇게 가면 모든 것이 통제되는 느낌을 받게 된다. 참으로 문제다. 이러면 예전의 헤겔, 마르크스 등에 의하여 주장된 정반합(正反合, These, Anti these, Syn these)의 변증법적 논리가 다시 한번 나오게 될 것 같다. 이때 반은 누가 주장할 것인가? 지금의 체제에 반대하고 있는 사람들 즉, 일에서 배제되고 끼리끼리 모여서 비밀 논의를 하는 일단의 무리가 있다. 이 사람들이 제대로 반을 주장할 수 있을까? 아니면 체제 안에서 중요한 역할을 맡고 있는 사람들에 의하여 반이 주장될 것인가? 아이고, 나는 아니다. 생각하면 골치 아프다.

사무실에 도착하여 캐비닛에 있는 공책을 꺼낸다. 어제 하다만 식의 정리를 다시 시작한다. 요즘 손으로 식을 정리하다 보니, 처음에는 손가락이 말을 안 들어서 글씨가 삐뚤빼뚤하였었는데, 조금씩 예전의 글씨체가 다시 살아나고 있다. 그래도 아직 빨리 글씨를 쓰려고 하면, 내가 나중에 읽어보아도 모를 글씨가 나오고 있다.

아직 손 근육이 예전의 움직임을 못 찾았나 보다. 공책에 식을 정리하면 기계들은 무슨 내용인지 알지 못한다. 이것을 접속된 컴퓨터에 옮기면 기계들이 알게 되고, 나처럼 몰래 접속되지 않는 컴퓨터에 옮기면 기계들이 모르는데, 이때 문제는 유용한 소프트웨어를 사용할 수가 없다는 것이다. 공책에 있는 것을 스캔하거나 카메라로 찍어서 이것을 문서로 만들 수 있는데, 이때 문서로 변환하여 주는 소프트웨어가 접속이 되어있는 컴퓨터에서만 돌아가기 때문이다. 따라서 기계들이 모르게 식을 정리하거나 문서를 만들려면 참으로 고단하게 예전 골동품 소프트웨어를 사용하여야 한다. 참으로 고단한 작업이라서 이렇게 하는 인간들은 극히 드물다. 무려 30년 전의 소프트웨어를 사용하여야 하니까 말이다. 이 소프트웨어는 문서편집기에 수식 편집기가 더해져 있는 것이다. 아래아한글이라나? 세종대왕께서 한글을 만드신 것에서 힌트를 얻어 지금은 사용하지 않는 아래아를 이름에 사용한 것이었다. 표기는 '흔글'로 한다. 당시에도 전 세계적으로는 마이크로소프트사의 Word가 사용되었었다. 동양에서의 장비 사용법과 서양에서의 방법에 약간 차이가 있다. 이것은 아마도 편하게 사용하는 어순에서 발생한 것으로 보이는데 확실하지는 않다. 이 미묘한 차이 때문에 동양 사람들이 워드를 사용하려면 약간씩 어색함을 느끼곤 하였다. 지금은 자연어 처리기술과 자연 행태학의 도움을 받아 문서편집기가 사용자의 행태에 맞추어 편하게 작업을 도와주고 있다. 예전에 골동품 탁상계산기를 본 적이 있었다. 서양의 탁상계산기에서는 5+3을 계산하는 방법을 보고 이럴 수도 있구나 하고 놀란 적이 있다. input 5, input 3, ADD 단추를 누르는 방법이었다. 동양의 탁상계산기는 5, Add(+), 3, 계산하기(Enter) 단추를 누르는 방식이었다. 여기에서 차이는 3을 먼저 누르느냐, ADD(+)를 먼저 누르느냐에 있다. 동양의 탁상계산기는 5+3=? 라는 식을 그대로 입력하여 계산하는 것이고, 서양의 탁상계산기는 Add라는 행위가 가장 중요한 행위이기에 맨 뒤에 넣는 것이었을까? 아니면 계산하기 단추를 없애기 위해서 였을까? 물론 시간이 지나면서 식을 가장 자연스럽게 입력하는 방식으로 바뀌었다.

오늘 정리한 식의 내용은 미분하면 가속도가 되는 가속도 포텐셜을 정의하기는 그리 어렵지 않은데 문제는 이것이 방향성이 없는 함수의 형태이어야 하고(즉 scalar 양), 방향성 미분을 하여 나오는 값은 벡터(vector) 이어서 식이 간결하게 표현되지 못하는 문제가 있다. 때에 따라서 식이 길어져서 하나의 식이 한 페이지가 되는 경우가 있었다. 이렇게 되면 식이 간결하지 않아 이를 적용하기에 적합하지 않다. 그런데 그것보다도 내가 긴 식을 짧게 줄이기를 원하기 때문이다. 간결한 식! 이것이 내가 추구하는 방향이다. 아인슈타인(Einstein)의 유명한 식 $E=mc^2$과 유체역학의 유명한 식 나비에-스토크스 방정식(Navier-Stokes Equation)을 비교하여 보면 아인슈타인의 에너지 관련 식이 얼마나 아름다운지 알 수 있다. 유체역학에서 사용하는 식들은 대부분 복잡하게 표현되어 있다. 그 이유는 역학식은 관찰자의 입장에서 기술하느냐 아니면 유체입자의 입장에서 기술하느냐에 따라 달리 표현된다. 모든 사람이 아는 뉴턴(Newton)의 역학식(F=ma, 이 또한 얼마나 아름다운가?)은 물체의 입장에서 기술하는 방식이다. 그러나 유체는 너무도 많은 입자로 이루어져 있으므로 뉴턴(Newton)의 역학식을 각각의 유체입자의 입장에서 기술하면 거의 무한대 개수의 식을 구성하여야 한다. 그래서 오일러(Euler)라는 분이 그러지 말고 내가 보고 있는 유체에 대해서 식을 기술하자는 주장을 가지고 식을 다시 정리하였다. 즉 관찰자의 입장에서 식을 표현한 것이다. 식의 표현이 복잡해졌지만, 이것을 이용하여 유체역학의 많은 문제를 계산할 수 있었고, 비약적인 발전이 이루어졌다. 이것이야말로 돌파구(break-through)를 마련해 준 것이다. 그 당시 논란들이 많이 되었을 것이다. 이것도 정반합의 논리가 적용된 사례로 볼 수도 있다. 아니 그런데 과학이 무슨 입장 차에 따라 달라지나? 정치도 아닌데? 이렇게 생각하는 사람들도 있을 것이다. 과학은 진리가 아닐 수도 있다. 자연과학은 자연현상을 설명하는 방법론을 제공하는 것이다. 이것이 과학적 이론이다. 또한 과학은 항상 열려 있다. 무슨 이야기냐 하면, 과학적 이론이 받아들여졌던 것에 어긋나는 자연현상이 실재한다면 그 이론은 더 이상 과학적 이론이 아니게 되어 다른 설명을 필요로 하게 된다. 반증 예(counter example) 하나로 깨어져 버린 이론들이 얼마나 많은가? 그래서 하나의 가설(hypothesis)이 이론(theory)이 되기 위하여서는 수많은 검증을 통하여 누구도 이 가설이 틀렸다고 할 수 없을 때 비로소 이론이 된다. 가설을 세우는 것도 엄청 고된 일이지만, 검증도 마찬가지로 고되고 시간도 오래 걸린다. 새로운 현상을 발견하였을 때는 훨씬 쉽다. 이것을 잘 설명하기만 하면 된다. 반증 예가 없을 것이기 때문이다. 그래서 과학자들은 새로운 것을 발견하려고 그렇게 애쓰나 보다. 다시 한번 이야기하지만, 과학은 완벽한 것이 아니고, 항상 열려 있으며, 자연현상을 설명하고자 하는 방법이다. 과학이 진리라고 믿는 사람들은 이런 말을 듣지 않을 테지만…. 이렇게 보면 과학에서 입장 차에 대한 식의 표현이 달라진다는 것을 알 수 있을 것이다. 이렇게 설명하니 더 잘 설명하게 되었다면 과학의 역할을 한 것이다.

내일부터는 다른 방식으로 식을 다시 세울 것이다. 내가 원했던 것이 가속도 곱하기 위치의 형태를 가질 것이니, 결국 에너지와 같은 개념이 내가 세우고자 했던 이론식의 중심 개념이 되어야 한다. 차라리 내일부터는 에너지를 정의하고 이것을 이용하여 원하는 식을 다시 유도하여 보자. 뉴턴(Newton)은 힘을 이야기하였지만, 아인슈타인(Einstein)은 에너지를 이야기하였고, 역학에서 더욱 완벽한 식의 형태는 에너지이다. 예전에 역학식에서 더 진보된 역학식으로 라그랑주(Lagrange) 방정식과 해밀톤(Hamilton) 방정식을 배운 적이 있다. 여기에서도 힘보다는 일(work)을 먼저 정의하고 이것을 미분하여 힘이나 변위들을 얻는 방식이다. 해석 동역학에서는 이것들이 Newton의 방정식보다는 더 완성도 높은 것으로 설명한다.

내가 하고자 하는 것은 에너지를 잘 정의하여 이것을 이용하여 힘 속도 등을 표현하는 동역학 방정식이다. 에너지다! 내일부터는 이 개념으로 식을 다시 정리할 것이다. 오늘은 여기까지만 하자.

점심을 먹고 오래간만에 문서 보관실을 찾았다. 블랙라벨이 있어야만 들어가는 곳이다. 이곳에는 문서들이 디지털화가 되기 전에 선배들이 작업하였던 문서들을 보관하는 곳이다. 보고서로 출간된 자료로부터 프린터로 출력된 자료, 손으로 쓴 자료들까지 많은 것들이 보관되어 있다. 주로 내가 보는 자료들은 손으로 쓴 자료들이다. 낙서 같은 것부터 실험일지, 선배들의 고민이 적혀있는 일지 등 어떻게 보면 보물창고 같은 곳이다. 예전에 감명받았던 만년필 글씨로 쓴 공책을 다시 집어 들었다. 이 선배의 만년필 글씨는 언제 봐도 멋있다. 나에게는 로망 같은 것이다. 요즘 나도 손으로 식을 정리하다 보니 내가 쓴 식은 괜찮아 보이는데, 중간에 이것들을 설명하는 글씨는 아직 맘에 들지 않는다. 계속 연습하여도 쉽지 않다. 필기구를 바꾸어 가면서 나한테 잘 맞는 것을 찾으려고도 하였었는데, 아직은 확실히 정하지 못하였다. 다만 만년필로 글씨를 쓸 때 종이에 따라 만년필이 긁히는 소리가 다르고 이것이 가끔 묘한 매력으로 다가오고 있어서, 아마도 나도 만년필로 종착하지 않을까 생각은 든다. 선배의 공책에는 여러 가지 글들이 쓰여 있는데, 예전에 감명받았던 '지혜로운 이의 삶'도 이 선배가 옮겨 써 놓은 것이다. '유리하다고 교만하지 말고, 불리하다고 비굴하지 말라. 무엇을 들었다고 쉽게 행동하지 말고, 그것이 사실인지 깊이 생각하여, 이치가 명확할 때 과감히 행동하라.' 참으로 명언이다. 어찌 이렇게 요약할 수 있는가?

예전에 철학자에 대하여 강의를 들은 적이 있다. 철학이라는 것은 진리를 좋아하는 것이라는 뜻이 있다고 하였다. 무엇이 진리인가? 예전의 유명한 철학자들이 많이 고민하였단다. 그러면서 오컴의 면도날을 설명해 주었었다. 불필요한 것들을 면도날로 베어 떼어내라는 것이다. 그러면 간결한 진리에 도달할 수 있다고 말이다. 그러면서 그 예로 데카르트의 예를 들어주었다. 데카르트는 누구도 도전할 수 없는 진리를 추구하였는데, 우선 내가 누구이고 존재하는 것이 맞나 하는 논리를 생각하고 생각하다가, 혹시 이것은 꿈이 아닐까? 내가 존재한다는 것은 어떻게 증명할 수 있는가 등 여러 가지 생각에 잠기고, 모든 것을 의심하여 참으로 신뢰할 수 있는 지식의 도달 과정에서 다음과 같은 명제를 찾아내었다고 한다. '나는 생각한다, 고로 나는 존재한다.' 나의 존재를 이렇게 설명하였단다. 참으로 간결하게 나의 존재를 설명한 명제, 누구도 이것을 깰 수 없는 진리. 대단한 사람이라고 생각된다. 명제라고는 하지만 이것은 거의 수학에서 공리(axiom)에 해당한다. 증명하기는 힘들지만, 참이란 것을 누구나 인정할 수밖에 없는 것이 공리이다. 이것은 중국의 장자가 기원전에 던진 질문 '과연 장자가 꿈속에서, 자신이 나비로 변한 것을 보았는가? 아니면 나비가 꿈을 꾸면서, 스스로 장자로 변한 것을 보았는가?'에 대한 데카르트의 궁극적인 대답인 셈이다. 그런데 장자의 의도는 천지나 세속을 초월하자는 뜻에서 이렇게 되돌이 질문을 던진 것인데, 데카르트는 완전 반대의 대답을 한 것이다. 극과 극은 서로 통한다니까.

그런데 사람들은 데카르트라는 철학자가 유명한 수학자라는 사실은 잘 모르고 있다. 나는 데카르트 때문에 서양의 수학, 공학 기술이 발전했다고 생각한다. 이분은 그전에 기하학과 대수학이 따로 발전하고 있었는데, 기하를 대수학으로 표현하는 방법을 제공하였다. 예로서 우리가 아는 포물선을 기하가 아닌 식으로 표현하는 방법을 제공한 것이다. 2차원 좌표를 도입하여 그 안에 그릴 수 있는 도형을 그림이 아닌 식으로 표현한 것이다. 이것이 Cartesian Coordinates이다. 여기서 Cartesian은 데카르트(René Descartes)

의 이름에서 유래되었다고 한다. 이로써 각기 발전하였던 기하학과 대수학이 접합하여 서로 도움을 주어 기하학으로만 하면 어려운 문제를 해석학이 쉽게 해결을 하여주고, 해석학에서 어려운 문제를 기하학이 쉽게 해결해 주는 등 많은 걸림돌을 쉽게 넘어가는 방법을 제공하여 준 것이다. 이때를 기점으로 서양의 기술문명이 동양을 뛰어넘었다는 생각을 안 할 수가 없다. 동양에서도 데카르트 같은 사람이 있었으면 좋았을 것을. 그런데 아마도 그렇게 되지는 않았을 것이다. 동양에서 데카르트가 있었다면 아마도 많은 것을 알고 난 다음에 미소를 지으며 공책을 덮었을 것이다. 유명하고 훌륭한 학자는 세속에 얽매이지 않아야 한다는 동양적 사고방식의 영향을 받아 다른 행동을 하지 않았을 것이다. 행동하는 지식인에 대한 사회적인 생각은 서양이 먼저 발전하여 적극적으로 사회에 뛰어들었던 것에 반하여, 동양에서는 이것을 별로 좋아하지 않았던 결과이지 않을까? 내가 만약에 많은 것을 알고 있는 학자이었다면, 과연 나는 내가 알고 있는 사실을 사회에 반영하기 위하여 뛰어다녔을까?

다음날부터 에너지를 함수로 삼아 가속도 포텐셜에 대한 정리를 시작하였다. 에너지는 통상적으로 위치에너지와 관성에너지로 표현된다. 이때 위치에너지는 변위의 함수로 만들어지고, 관성에너지는 속도의 함수로 만들어지게 된다. 이것을 미분하여 운동방정식을 얻어내는 것인데, 해밀톤은 편미분을 이용하여 운동방정식을 끌어내기 위하여 라그랑지언이라는 이상한 함수를 만들 수밖에 없었다. 이 함수가 이상하다는 것은 위치에너지에서 관성에너지를 뺀 것이 라그랑지언이다. 에너지들을 전부 더하여 총에너지로 표현하면 더 좋았을 것을…. 결국 미분을 어떻게 표현할 것이냐에 따라 사용하는 방법이 다를 수밖에 없다. 총에너지로 표현하고 미분을 유체입자를 따라가면서 하는 미분으로 표현을 하여보자. 식이 정리가 되는 것 같다. 그런데 이렇게 하려면 항상 같은 유체입자들을 가지는 관제 역(control volume)을 정의하여야 하고, 이곳에서의 유체입자들의 변화되는 위치를 알아야 한다. 그리고 이것을 추적하는 함수가 필요하다. 유체입자 각각에 대하여 운동방정식을 세우는 것보다는 훨씬 좋은 방법이다. 이것을 하는 방법이 등각사상(conformal mapping) 기법이다. 등각사상을 푸는 것이 유체의 속도장을 푸는 것이고, 이 속도장 변화율을 찾아내는 것이 운동방정식이다. 이 운동방정식을 총에너지는 일정하다는 가정하에 총에너지의 시간 미분은 0이라는 식으로부터 얻어낸다. 총에너지를 사용하는 것이 좋은 이유는 여기에 열에너지를 포함하여도 된다는 것이다. 이것은 나중에 해야 할 일이다.

이런 가속도 포텐셜을 이용하면, 속도 포텐셜로는 문제가 되는 것들을 해결할 수 있다는 믿음을 가지고 이 일을 진행하는 것이다. 물체 외부에 있는 유체의 흐름은 속도 포텐셜로 아무런 문제 없이 해결할 수 있다. 문제가 되는 것은 전부 무한 유체장이라고 가정하고 무한 원방에서는 유체가 물체의 영향을 받지 않는다고 가정하여 여러 가지를 간편하게 만드는 것이다. 그런데, 물체 내부에 유체가 있는 경우 여기에는 무한 원방이 없어 전 유체장이 물체의 영향을 받게 된다. 또한 물체가 유체에 주는 에너지는 바깥으로 빠져나가지 못한다. 이런 경우 이것을 시간영역에서는 풀어지는데, 주파수 영역에서는 이것을 풀어내지 못한다. 그 이유는 주파수 영역의 해석은 주어진 진동수로 계속 진동할 때의 유체 흐름을 알아야 하는데, 물체 내부의 유체영역에서는 에너지가 빠져나가지 못하여 고주파수 영역이 되면 에너지가 기하급수적으로 증가하여 무한주파수에서는 무한대의 에너지가 나오게 되는 결과를 얻는다. 이렇게 되면 푸리에 변환이 불가능하여 시간영역 해석과 주파수 영역 해석은 서로 연관을 가지지 못한다. 푸리에 변환을 못 한다는 것은 안정적인 해를 주는 주파수 영역의 결과를 활용할 방법이 없다는 것과 마찬가지이다. 이게 가속도 포텐셜을 도입하면 해결이 된다. 무한주파수에서의 가속도는 어떠한 경우라도 0으로 수렴하기 때문이다. 어느 정도는 해결이 되었다. 이제는 속도 포텐셜로 표현된 것을 가속도 포텐셜로 변화 가능한가를 확인하여야 한다. 이것이 가능하다면 이제껏 해왔던 것들을 그대로 이용할 수 있으므로 많은 도움이 될 것이다. 그런데 식들을 간단히 하려고 그렇게 노력하였는데도 자꾸만 식들이 길어지게 된다. 나는 아직 $E=mc^2$, $F=ma$ 같은 아름다운 식을 만들어 낼 경지에는 감히 근처에도 다 다르지 못한 것 같다. 아니 이것도 오만한 표현이다. 까마득히 멀리 있어 감히 언급하는 것조차도 죄송하다. 나에게는 오컴의 면도날이 더 필요한 것 같다.

집으로 가는 길에 금강 공설주행시험장에 들렀다. 오늘은 한 바퀴만 미끄러지며 코너를 도는 것을 연습하려고 이곳에 들른 것이다. 오래전부터 승용차들은 좌우 바퀴의 회전수가 다르면 한쪽이 미끄러지는 것으로 판단하여 출력을 강제적으로 낮추는 장비를 장착하고 있다. 양쪽 바퀴는 선회할 때 회전수가 다를 수밖에 없다. 그래서 차동기어를 사용하여 양쪽 바퀴가 다른 회전수로 돌아도 구동력을 전달하게 구성되어 있다. 지금은 예전의 차와는 다르게 바퀴마다 구동장치가 들어간다. 자동차의 초창기에는 구동장치 즉 엔진이 하나이고, 이것을 바퀴로 연결하여 자동차의 구동력을 만들어 냈다. 이때 구동되는 바퀴가 2개인 것이 보통이고, 4개인 것은 사륜구동이라고 하였었다. 사륜구동은 차동장치가 복잡하여진다. 엔진이 전기모터로 바뀌면서 엔진만 모터로 바뀐 자동차가 먼저 만들어졌다. 그런데 여러 가지 효율과 안전을 위하여 모터가 두 개인 차도 나왔고 현재는 네 개의 모터로 네 개의 바퀴를 굴리게 만들고 있다. 이 방식의 차는 회전 시 앞바퀴와 뒷바퀴의 궤적 차이인 내륜차, 외륜차를 걱정할 필요가 없고, 4륜 조향이 가능하여서 주차 시에도 아주 편하게 주차가 된다. 그래도 바퀴가 미끄러지는 경우가 간혹 발행하여 이에 대한 대책으로 일정 기준 이상 회전수의 차이가 발생하면 미끄러지는 것이므로 이때 강제적으로 출력을 낮추어 미끄러지는 것을 방지하고 있다. 이 장비는 스위치로 끌 수도 있다. 이렇게 하면 아무리 미끄러져도 출력을 유지할 수가 있다. 이 상태로 해놓아야 코너에서 한쪽 바퀴가 미끄러져도 계속 출력을 유지하고 돌아 나올 수 있다. 이것은 뒷바퀴를 미끄러뜨려 드리프트를 하는 것과는 다르다. 드리프트를 하지 않고 안쪽 바퀴만 미끄러트려 바깥쪽 바퀴가 방향과 추진력을 담당하게 하여 원하는 조작을 그대로 차가 따라오게 만드는 것이다. 이것을 하는 방법은 코너 진입 시 급격하게 핸들을 돌려 안쪽 바퀴가 약간 들리게 하면서 가속페달을 밟아 안쪽 바퀴를 미끄러뜨리는 기술이다. 안쪽 바퀴를 아예 미끄러뜨려 코너를 돌아 나오는 역할을 할 수 없게 만드는 방법이다. 바깥쪽 바퀴로만 조향, 구동하게 하는 방법으로, 효율성 면에서는 별로 효과적이지 않지만, 급코너에서 인코스를 공략하는데 유리한 방법이다. 드리프트와 달리 처음에 약간만 바퀴 미끄러짐 소리가 난다. 삑 소리가 나자마자 바깥 바퀴로만 주행하는 것이다. 연습하는데, 처음에는 이것이 잘되지 않았다. 안쪽 바퀴가 들리게끔 핸들을 조작하여야 하는데, 조심해서 하면 안쪽 바퀴가 안 들리고, 조금 과격하게 하면 안쪽 바퀴가 들리면서 차가 넘어갈 것 같아서 위험해지고⋯. 30분 이상 연습하여서 정확한 타이밍과 핸들 조작 방법을 익혔다. 이 연습을 마치고, 주행시험장 안에 있는 산길을 열심히 달렸다. 그래도 타이어 미끄러지는 소리를 내면서 드리프트를 하는 것이 제일 시원하다. 집으로 돌아가기 전에 주행시험장 정비소에 가서 차의 이상 유무를 확인하였다. 아무 이상 없단다.

주인님, 이번에는 별로 필요도 없는 것을 연습하시네요. 앞바퀴를 들어 코너를 빠져나올 일은 없어요. 급선회 시 차량의 회전 각속도에 따라 바퀴의 회전수 비율이 어느 정도 정해져 있고, 이것을 기준으로 제어하는 것이 제일 안정적으로 미끄러지지도 않고 급선회를 할 수 있어요.

그래 네 말이 맞다. 그래도 나는 자동차로 할 수 있는 모든 것들을 해보고 싶은 거야. 그런데 너도 선회라는 말을 사용하니? 자동차와 관련하여서는 회전이라는 말을 사용하는데?

그거야 주인님이 선박에 관한 일들을 하시니까 저도 선회란 용어를 사용하는 거지요. 저는 주인님이 키우신 가족 중 하나예요. 제가 아직 가족이 되지 않았나요?

아니야! 이제는 너도 내 가족이야. 처음에는 말도 못 알아먹더니, 지금은 나와 농담을 주고받으면서 일들을 해주고 있잖아. 가끔 나를 구박도 하는 것 같다?

에이, 그럴 리가요? 저는 충실하게 주인님을 따른답니다.

예전에 한 번 내가 자고 있을 때 바닷가로 데려간 일이 있었지? 나는 좋
　　았다.

아! 또 그때의 실수를 이야기하시네요. 저는 주인님의 진짜 생각이 그것
　　인 줄 알았다니까요. 그 이후로는 주인님의 생각을 읽지 않아요. 모르
　　겠으면 이제는 다시 물어보잖아요.

그래, 고맙다. **(나한테 이 말을 믿으라고?)** 그런데 회전과 선회의 사전적 차
　　이가 무엇이니?

회전은 단순히 돌아가는 것만은 의미한다고 하네요. 물체가 움직이는
　　것에 대하여서는 정의에 포함되어 있지 않아. 일반적으로 제자리에서
　　도는 것을 말하고요. 선회는 앞으로 나아가면 방향을 계속 바꾸어 제
　　자리로 돌아오는 것이 원래의 뜻이라네요. 사전적으로는 자동차나
　　선박 모두 선회라는 용어를 사용하는 것이 맞아요.

그런데 왜 자동차에서는 회전이라는 말들을 사용하는 것일까? 급회전
　　이라는 말들을 많이 사용하는 것 같아. 아! 그리고 자동차 회전과 선
　　박 선회의 가장 큰 차이가 무엇인지 아니?

육상과 해상의 차이이지요. 확실해요. 그런데 다른 대답을 원하신 것 같
　　네요.

그래 네 말이 맞다. 나는 그렇게 생각을 왜 안 해봤지? 내가 말하고 싶은
　　것은 자동차는 선회 시 앞부분이 더 바깥으로 나간 상태에서 선회하
　　는데, 선박은 앞부분이 안쪽에 있으면서 선회한단다. 선박은 유체에

서 움직이니까 앞부분을 가고자 하는 방향으로 더 틀어야지 원하는 방향으로 가게 되어서 말이야.

에이! 고리타분한 설명이에요. 선박은 그럴지 몰라도, 제가 자동차를 제어하는 기계인데, 저를 무시하지는 마셨으면 좋겠어요. 주인님의 자동차에 대한 설명은 틀렸어요. 앞바퀴로만 조향하는 자동차에 관한 이야기예요. 앞바퀴로만 조향할 때는 당연히 앞바퀴의 선회 궤적이 클 수밖에 없어서 자동차의 앞부분이 조금 더 바깥으로 나간 상태에서 선회하였지요. 이것 때문에 뒷바퀴가 안쪽으로 들어가 선회하니까, 골목길에서 뒷바퀴가 연석을 자주 밟게 되지요. 그런데 저는 네 바퀴 굴림 네 바퀴 조향의 기능을 가지고 있어서 내륜차, 외륜차가 없어요. 정확하게 돌아가는 방향으로 네 바퀴가 돌아가고 있어요. 주인님 생각은 고리타분해요.

아니, 고리타분하다고, 이런! 이런! 내가 그렇게 되어 버렸니? 구시대 유물이 되었니?

아이고! 주인님. 그런 게 아니고, 선박과 자동차의 선회차이를 제대로 알고 계시다니 놀라운 따름이라는 이야기인데, 제가 사족을 잘못 붙였네요. 진짜예요, 그런 차이를 누가 알고 있겠어요? 대단하십니다. 주인님 만세!

참, 엎드려 절 받네. 그런데 왜 엎드려서 절 받지? 불편한데. 누워서 절 받지!

이런저런 농담하면서 집으로 돌아왔다. 생각난 김에 목포에 있는 해양레저센터에 요트를 예약하고 연구소에는 휴가를 내었다. 더 더워지기 전에 요트를 한번 타자. 다음 주에 가는 것으로 예약하였다.

요트는 어렸을 때 배워서 지금도 즐길 정도는 된다. 바람을 거슬러 올라가는 것이 가능한가? 물고기들은 강을 거슬러 올라간다. 동력이 없는 배는 어떻게 바람을 거스르는가? 사흘 동안 휴가를 내어 목포에 다녀왔다. 이곳에 있는 해양레저센터에서 돛 달린 요트를 빌려 바람을 타고 이리저리 요팅을 하였다. 이것은 동력 선박의 항주와는 다르다. 돛의 방향을 바꾸고, 센터 보트를 올렸다가 내리고, 방향타를 조작하고 여러 가지를 할 수 있어야 한다. 옆바람을 맞으며 항주할 때 가장 쾌감을 느끼는데, 이때 바람 때문에 배가 바람 반대 방향으로 상당히 기울어지게 된다. 이때 마스트에 달린 줄에 몸을 걸고, 바람이 들어오는 방향으로 몸을 요트 바깥으로 쭉 내밀어 기울어지는 것을 줄이며 항주하게 된다. 이때의 속도가 가장 빠른데 내 몸으로 배가 기울어지는 것을 막으며 달리는 것은 한번 해보면 상당한 쾌감을 느끼게 된다. 바람을 거슬러 올라갈 때는 바람이 불어오는 방향으로 항주하는 것은 불가능하고, 바람이 불어오는 방향에서 30~45도 어긋난 방향으로 항주하여야 한다. 이래야 바람의 양력을 돛이 받고 요트가 옆으로 밀리는 것을 센터보드가 막아야 앞으로 나아갈 수가 있다. 이렇게 계속하면 다른 곳으로 가니 전과 반대 방향 즉 왼쪽 30~40도로 나아가고 있었다면, 오른쪽 30~40도로 방향을 바꾸어 가면서 전진하여야 한다. 이때 방향을 바꾸는 것을 태킹이라고 한다. 이때 돛의 방향이 바뀌게 되어 돛을 지탱하는 밑에 달린 붐이 선체 위를 지나가게 된다. 이때 머리를 부딪치지 않도록 숙이고 요트의 반대편으로 재빨리 옮겨가야 한다. 이때 늦어지면 요트의 방향이 바람이 불어오는 방향이 되어서 돛에 힘을 받지 못한다. 자이빙 시에는 예전에 제안했던 감속기가 역할을 해 주었는데, 그때 추정한 정도가 잘 되었던 것 같다. 적당한 붐의 속도로 인하여 당황하지 않고 방향을 바꿀 수 있었다. 이 정도로는 자이빙 시 돛이 넘어갈 때 느끼는 다이내믹한 상황이 그렇게 누그러지지는 않는다. 온몸으로 요트를 조작하며, 온몸으로 바람과 파도를 상대하며 이틀을 지내고, 사흘째는 홍어를 점심으로 먹고 집으로 돌아왔다. 즐거운 휴가이었다.

아침에 눈을 뜨니, 날씨가 상쾌하다. 햇볕은 뜨겁다. 이제 본격적인 여름이 되겠지. 아직은 아침 온도가 높지 않아 바람은 시원하다. 토스트를 구우면서 음악을 틀었다. 제니스 이언의 In the winter. 여름이 되니 되려 겨울 노래를 듣네. 바깥으로 나가보라는 라디오 DJ의 이야기를 듣고 외투와 목도리를 하고 나가서 거닐다 보니, 예전에 사랑했던 사람을 만났다는 가사이다. 예전에 내가 꿈꿨던 가족의 모습에 내가 아닌 다른 사람이 들어가 있다는 가슴 아픈 가사이다. 이 곡은 이상하게도 가사가 잘 들린다. 다음 노래는 Poppy Family의 That's where I went wrong. 이 노래는 박자는 아주 흥겨운데, 음률은 슬픈 느낌을 준다. 그래서 아주 묘하게 들리는 노래다. 가사는 들리지 않는다. 어느 누가 그랬던가? 팝송의 매력은 가사를 모르고 듣는다는 것이다. 그런 것 같다. 가사를 이해하면 이 음악의 묘한 느낌이 없어질 것 같다. 아침을 먹고 커피를 타면서 노래를 바꾸었다. Free Bird. 어렸을 때부터 좋아한 노래인데, 제목에 끌렸었는지 아니면 곡에 끌렸었는지 잊었다. 천천히 시작하고 중간 이후에는 몰아치는 노래다. 나도 Free Bird가 되겠다는 가슴 속 열망을 가지고 따라 흥얼거렸다. 집을 나선다. 집 앞에 주차된 트랜스 모빌 모델 A에 오른다. 차 번호는 A-3415, 색상은 Spicy Red. Roadia 3.0이 반갑게 인사를 건넨다.

아이고! 바깥까지 다 들렸어요. 그 노래가 그렇게 좋으세요? 요즘 음악도 들어보세요. 예전 음악만 듣지 마시고.

요즘 음악이 좋으면 듣겠지. 추천할 만한 좋은 음악 있어?

그럼요. 요즘 기능성 음악이 발전하여, 지금 같은 아침에는 희망을 주제로 하는 음악을 듣는 것이 하루를 즐겁게 보내는데, 도움이 많이 돼요. 한번 들어보실래요?

싫어! 그런 거. 음악 이론적으로는 완성된 것이라지만, 뭔가 느껴지는 것이 없어. 따라 하기도 어색하고. 음악에는 혼이 담겨야 하는데, 그런 것이 없단 말이야. 자연스럽게 마음이 동하고, 가슴이 뛰면서 음악에 같이 들어가야 하는데, 너무 깔끔해서 그런 여지를 주지 않아. 예전 음악은 인간이 느끼는 감정을 표현하기 위하여 얼마나 고민하여 탄생하였는지 알아? 그런 것이 있어야 인간들에게 감동을 준단 말이야. 괜히 그 음악이 듣고 싶어지는 것이 좋은 음악이야, 들으면 가슴이 움직여야지.

너무 색안경을 끼고 보지 말아주세요. 휴식하고 있을 때 제가 음악을 잔잔하게 틀어드리잖아요. 그것도 요즘 음악이에요. 집안 집사에게 접속해 보니 잠을 청할 때도 기능성 음악을 들으시던데요?

아니, 그거는 나도 모르게 너희가 그냥 틀어준 것 아냐. 나는 음악이 있었는지도 몰랐단 말이야.

아이고! 발뺌하시긴.

그래, 나 발 뺀다.

사무실에 도착하니, Secretariat이 오늘 특별한 일정이 없다고 알려준다.

그래 오늘 마무리하자. 그동안 정리하였던 식과 개념들은 공책에 정성 들여 옮겨 적는다. 가속도 포텐셜 이론, 음의 주파수 해석 문제, 요즘은 잘 사용하지 않는 허수를 이용한 방정식 처리 문제 등이었다. 이제는 나도 만년필 글씨가 익숙해져서 보기에 괜찮다. 공책의 끝머리에 다음과 같이 적어 놓았다.

나는 Technology는 보았는데, 아직 Art는 보지 못했다네.

중간쯤이려나?

너는 Art를 볼 것이다.

괜히 더 쓰고 싶었다. 잡보장경의 '지혜로운 이의 삶'을 옮겨 적었다. 그리고 또한 호라티우스의 명언도 써넣었다.

'어떠한 충고일지라도 길게 말하지 말라!' (Horatius, 65-8 B.C)

맞아 맞아! 솔선수범을 해야 하는데, 말이 길었나? 누군가 계속 이어가리라! 그래도 요즘 기계들의 도움 없이 이론을 발전시키려는 젊은이들이 조금 보인다. 고단한 여정이겠지. 문서 보관실에 가서 내가 가져간 공책을 맨 마지막 칸에 정성껏 꽂아 넣었다. 바깥으로 나오니 햇볕이 따사롭다.